IL PROFESSORE E LA VERGINE

IL PATTO DELLE VERGINI, LIBRO PRIMO

JESSA JAMES

Il Professore e la Vergine: Copyright © 2019 di Jessa James

Tutti i diritti riservati. Nessuna parte di questo libro può essere riprodotta o trasmessa in alcuna forma con nessun mezzo elettronico, digitale o meccanico, incluse, ma non solo, attività quali fotocopie, registrazioni, scanner o qualsiasi altro tipo di raccolta di dati e sistema di reperimento di informazioni senza il permesso esplicito e scritto dell'autore.

Pubblicato da Jessa James,
James, Jessa
The Teacher and the Virgin

Copyright di copertina 2019 di Jessa James, autrice
Immagini/foto di Stocksy: Viktor Solomin

Nota dell'editore:
Questo libro è stato scritto per un pubblico adulto. Questo libro potrebbe contenere scene sessuali esplicite. Le attività sessuali incluse nel libro sono pure fantasie per adulti e ogni attività o rischio corso dai personaggi della finzione nella storia non è né approvato né incoraggiato dall'autore o dall'editore.

CAPITOLO PRIMO

Jane

"Chi?" c'era scritto sul biglietto.

Girai la testa a destra e incontrai i curiosi occhi verdi della mia amica Anne. Sollevò un sopracciglio verso di me, rimanendo tranquilla. Non si parlava in classe, ma capii immediatamente cosa stava chiedendo. Le parole non erano necessarie. Non per questo.

Con chi pensavo di perdere la verginità?

Anne, io e altre otto ragazze del quinto superiore avevamo fatto un patto per perdere la verginità entro la fine dell'estate. Ci saremmo diplomate la settimana dopo, quindi avremmo avuto un paio di mesi per portare a termine l'impresa prima di andare tutte al college. Essendo tutte diciottenni, pensavamo che fosse giunto il momento, specialmente perché frequentavamo una scuola per sole ragazze in cui era quasi impossibile trovare un ragazzo decente. Volevamo andare al college come ragazze *esperte*.

Non volevo essere l'ultima vergine del nostro gruppo, ma non dovevo preoccuparmi. Non dovevo trovare un *ragazzo* che mi piacesse sul serio. Non dovevo fingere di essere innamorata, o inseguire un estraneo al centro commerciale. Sapevo *esattamente* davanti a chi volevo spogliarmi.

Volevo che fosse il Signor Parker a prendersi la mia verginità. Volevo che il mio insegnante distruggesse la mia cittadinanza di Vergilandia.

Il Signor Parker. Aveva solo qualche anno più di me, e non era magro e goffo come i ragazzi della mia età. No, era *davvero* uomo.

Mentre io lo guardavo tutti i giorni durante la lezione di educazione civica, dubitavo che lui mi notasse. Ero solo una delle sue tante studentesse. Un'altra giovane donna in una sconfinata vista di capelli lunghi e lucidalabbra alla ciliegia. Una goccia in un oceano di color kaki e fantasia scozzese, l'uniforme eccessivamente conservatrice della scuola. In quei giorni, quelli in cui avevo lezione col Prof. Parker, indossavo, sotto l'uniforme, un reggiseno di pizzo e mutandine di perizoma abbinate.

E, prima delle lezioni, andavo nella stanza delle signore e mi toglievo il reggiseno. Mi piaceva il modo in cui la mia pesante camicia di cotone mi sfregava i capezzoli sensibili, e speravo che notasse quelle punte dure che morivano dalla voglia del suo tocco.

Era magnifico ed educato, il suo culo duro e le spalle larghe facevano contorcere il mio corpo innocente. Ma io non volevo essere innocente, non quando lui era nei pressi. Volevo essere provocante, ma dubitavo che potesse notarmi.

Ma io notavo lui. Ogni centimetro del suo corpo ben muscoloso.

Sì, era lui quello a cui mi sarei concessa. Non avevo idea di come sarebbe successo, ma sarebbe successo.

Era stupendo, aveva i capelli scuri eccessivamente lunghi per le regole della scuola privata. Indossava una cravatta per compiacere il preside, ma il nodo era sempre lento, come se non avesse avuto il tempo di vestirsi per bene. Passavo la maggior parte della lezione a fantasticare su tutti i modi in cui avrebbe potuto legarmi con quella lunga striscia di seta e trasformarmi in una vera donna.

"Ragazze, so che è l'ultimo giorno di lezione prima degli esami, quindi faremo una ripasso su tutto ciò su cui verterà l'esame. Le università guardano sempre i voti del diploma." La sua voce profonda mi fece tremare e non riuscivo a smettere di fissare i muscoli del suo collo. Volevo assaggiarlo. Il che era strano, ma non potevo smettere di immaginare di baciarlo... dappertutto. Non ero preoccupata per l'esame finale. Quella era l'unica lezione in cui prendevo sempre dieci, la lezione in cui ero sempre attenta. Come avrei potuto non fissare il Signor Parker per l'intera ora? Se le altre ragazze pensavano che stessi guardando a bocca aperta il fighissimo prof, cosa mi importava? Anche loro lo guardavano a bocca aperta. Non riuscivo a distogliere lo sguardo dai suoi muscoli degli avambracci che si flettevano. Si arrotolò le maniche della camicia per scrivere alla lavagna, e dovetti sempre tornare indietro e leggere ciò che scriveva dopo. Non riuscivo a smettere di fissare le sue mani.

Persino Molly sembrava ipnotizzata quando si muoveva, ed ero quasi sicura che fosse lesbica.

Già, era *eccitante* a quei livelli. Ma nessuna delle altre ragazze lo avrebbe avuto. No. Se avesse avuto intenzione di avere una di noi, se avesse avuto intenzione di farsi una giovane fighetta vergine, allora sarebbe stata la mia.

Avevo passato l'intero anno a guardarlo mentre camminava avanti e indietro. Avevo studiato le vene sul dorso della sua mano mentre scriveva alla lavagna. Avevo studiato la sua bocca e mi ero chiesta come sarebbe stato sentire le sue labbra contro le mie.

Quando la campanella suonava alla fine di ogni lezione, lasciavo la stanza con le mutandine bagnate e i capezzoli duri.

La sua lezione era la parte migliore della mia giornata. Alzavo persino la mano per rispondere alle domande, e mi pavoneggiavo quando sorrideva, se davo la risposta corretta. Volevo compiacerlo, e questa era un'altra strana sensazione per me. Non ero solita compiacere le persone. Ma per il Signor Parker? Beh, non ero sicura di quale fosse il limite, ma volevo scoprirlo.

Con il biglietto di Anne in mano, fissai il Signor Parker dal mio posto in terza fila. Stava cercando di essere severo, ma probabilmente era pronto tanto quanto noi per chiudere tutto e godersi l'estate. La scuola era piccola, una di quelle scuole private per ragazze con genitori ricchi che volevano un'educazione protetta per le loro figlie privilegiate. Sì, venivamo sempre prese in giro per il solito stereotipo, perché eravamo pazze, le tipiche ragazzine viziate a cui tutto era dovuto. La scuola mi aveva tenuta lontana dai ragazzi della mia età, questo volevano i miei genitori, ma il loro piano era fallito. Mi aveva messo di fronte all'unico uomo che desideravo.

Sì, volevo un uomo.

Non volevo essere scopata da un ragazzo che non sapeva cosa stesse facendo. Volevo il Signor Parker.

Oh sì. Mi mossi sulla sedia, cercando di alleviare l'indolenzimento della figa al pensiero che lui mi riempisse. Volevo che si prendesse la mia passerina, che mi spalancasse - il suo cazzo sarebbe stato grande - e che lo facesse per bene.

Mentre continuava a parlare dei tre rami del governo, la sua voce liscia e vellutata non faceva altro che riempire la mia mente con oscuri pensieri carnali e fantasie selvagge.

"Fottimi," gli avrei detto, dando un'occhiata alla scrivania dietro di lui.

Sì, la scrivania. Fantasticavo su quella scrivania quasi quanto facevo sul Signor Parker. Non ero più la brava studentessa, ma una monella. Molto monella.

Sarei stata piegata sul suo duro tavolo con la mia gonna a quadri scozzese alzata, a malapena avrebbe nascosto il mio culo. Avrei dovuto sganciare i primi bottoni della mia maglietta bianca così da mostrargli che non indossavo un reggiseno, i miei capezzoli si sarebbero induriti al contatto col legno freddo.

Un brivido mi avrebbe attraversato la schiena, quando il suo dito avrebbe sfiorato le mutandine di pizzo. Avrei sentito una piscina di calore lì sotto, facendo aderire il tessuto umido alle mie pieghe interne.

"Sei stata una ragazza cattiva, vero?" Avrebbe detto la familiare voce vellutata. Il suo fiato mi avrebbe scaldato il collo mentre si chinava su di me, dominandomi. Avrei stretto le gambe per cercare di alleviare il dolore crescente, ma non avrebbe funzionato. La pressione della sua mano contro le labbra della mia figa mi avrebbe fatto gridare.

"Indossi soltanto un perizoma e non porti il reggiseno durante la mia lezione." La sua voce sarebbe stata un misto di shock e malizia, e senza dubbio sarei arrossita, mentre mi avrebbe stretto a sé e avrebbe afferrato un seno ben visibile.

Gli insegnanti non dovrebbero comportarsi in questo modo, avrei pensato, anche se l'altra sua mano mi avrebbe schiaffeggiato il culo con un colpo secco. Non avrebbero dovuto rimproverare le studentesse birichine sulle loro scrivanie, ma io avrei fatto oscillare i miei fianchi, perché avrei desiderato la sua sculacciata. Avrei spinto ancor più all'infuori il mio culo impertinente per averne di più, per avere qualsiasi cosa mi avrebbe dato.

"Sai cosa succede alle ragazze quando sono cattive?" avrebbe chiesto.

"Vengono punite".

"Esatto", avrebbe respirato contro il mio collo. "Ma tu sei troppo cattiva, così avrai la mia mano invece del righello. Voglio essere sicuro di poter sentire ogni singolo colpo."

Nulla nel modo in cui il Signor Parker mi avrebbe guardato sarebbe stato delicato. Sarebbe stato come una bestia con la sua preda. Il suo aspetto sarebbe stato affamato, e io la risposta per placare la sua sete. Avrei tremato di nuovo quando il suo dito avrebbe iniziato a strofinare dolorosamente, lentamente contro il tassello del mio perizoma. L'altra mano avrebbe cominciato a muoversi contro le mie chiappe, la mia carne sarebbe stata a sua disposizione.

"Quando il tuo culo sarà bello rosso, allora mi farai vedere di nuovo che sei una brava ragazza e mi succhierai il cazzo. Bene e fin in fondo." Mi avrebbe strofinato un dito sul culo, infilando poi la punta proprio dentro la fonte del mio calore vergine mentre mi teneva ferma sulla sua scrivania. "E poi assaggerò la tua figa birichina e ti farò venire."

Gemetti al pensiero che mi insegnasse come gli piacesse farlo, che mi dominasse, facendomi sua. Quel verso straziante mi risvegliò dalla mia fantasia. Mi spostai di nuovo sulla mia sedia, cercando di sfregare le cosce contro il mio clitoride gonfio.

Intorno a me c'erano i miei compagni di classe, ma sembravano non accorgersi del suono che avevo emesso solo *pensando* a Mr. Parker.

Mentre insegnava educazione civica e governativa in questa piccola scuola privata, aveva finito la facoltà di giurisprudenza l'anno prima e stava studiando per l'esame da avvocato. Fare l'insegnante non era la sua carriera, così come per gli altri insegnanti che erano stati a scuola per decenni. Era sulla buona strada per diventare un avvocato. Sarebbe dovuto essere rigido e pesante; tutti gli insegnanti lo erano. Anche tranquillo, ma nulla nel modo in cui mi fissava lo faceva sembrare "tranquillo".

A volte, immaginavo che mi fissasse, che il suo sguardo seguisse la curva della mia gamba o indugiasse sulle mie labbra. Sognavo che mi desiderasse, che si masturbasse nella sua doccia pensando di prendermi da dietro sulla sua scrivania. Sognavo che non riuscisse a controllarsi quando si trattava di me, che ero così bella, così perfetta da non poter dire di no.

Non c'era bisogno di immaginazione da parte mia. Io sicuramente non avrei detto di no.

Il Signor Parker aveva nove anni più di me - *sì, lo stalkeravo* - e un uomo di quell'età aveva diversi anni di esperienza che io mi potevo soltanto sognare. Quello per me sarebbe stato un problema, ma non mi sarei arresa. Lo desideravo, e se mi fossi dovuta beccare un punizione per quel motivo, l'avrei accettato, a patto che fosse stato il Signor Parker a punirmi.

Anne stava scrivendo qualcosa su un pezzo di carta, mentre gli altri lavoravano a una prova pratica e bisbigliavano su quello che avrebbero fatto durante l'estate. Non me ne potevo fregare di meno.

E perché mai avrei dovuto, quando l'unica cosa che volevo era proprio di fronte a me?

Mi girai quando un altro pezzo di carta colpì la mia testa. Anne sollevò e abbassò le sopracciglia guardandomi. Mi resi conto che la mia immaginazione era di nuovo andata troppo oltre. Avrei dovuto imparare la lezione. Arrivare quasi a fare sesso con Mr. Parker non sarebbe *mai* accaduto nella vita reale. Lo vedevo ogni giorno in classe e non avrebbe mai voluto avere niente a che fare con me. Ero una sua studentessa ed ero troppo giovane. Già, avevo diciott'anni, eppure...

L'intera situazione era senza speranza. Un uomo come lui voleva una donna, non una ragazza. Avrebbe voluto una donna che fosse esperta e mondana e non assomigliasse a un cucciolo sperduto con un guinzaglio al collo. Provai a sbarazzarmi di quel pensiero. Mi rattristava perché non sarei riuscita ad essere affascinante e vissuta a meno che non venissi scopata da qualcun altro, e l'unico che volevo era lui.

Provai con tutte le mie forze a non pensarci più, mentre appianavo il foglio che Anne aveva gettato.

"Stai divorando il prof con gli occhi. Non puoi negare."

"Sta' zitta". Scarabocchiai rapidamente prima di passare il messaggio ad Anne. Me lo rilanciò qualche secondo dopo.

"Il Signor Parker è troppo grande."

Mi morsi il labbro inferiore. Era esattamente questo il motivo per cui era così attraente; mi ero presa una cotta per un uomo più grande. Mi ero presa una cotta per *lui* e scrissi rapidamente i miei pensieri.

"Scommetto che sa cosa fare con il suo c-"

Esitai nello scrivere l'ultima parola. Mi stavo bagnando al solo pensiero di scrivere una fottuta parola di quattro lettere. Non sarebbe dovuto essere un grosso problema - scrivere la parola "cazzo". Perché mi stavo agitando tanto? Perché i miei compagni di classe avrebbero letto quel biglietto? O peggio, per il Signor Parker?

Cazzo. Cazzo. Cazzo.

Cazzo. Cazzo. Cazzo.

Ecco, potrei ripeterlo a mente più e più volte. Perché non riuscivo semplicemente a scrivere quella dannata cosa?

Cazzo. Cazzo. Cazzo.

Oh Dio. La mia lingua aveva sicuramente bisogno di essere annegata nell'acqua santa.

"Scommetto che sa cosa fare con il suo cazzo." Passai velo-

cemente il biglietto, tirando un sospiro di sollievo per essere finalmente riuscita a scrivere quella dannata parola.

Jane - 1. Cazzo - 0.

"*Tu sei pazza. È un professore. Sarai vergine per sempre. Non ti toccherà mai.*"

Strinsi le labbra quando lessi il biglietto di Anne. Non volevo ammetterlo, ma quel biglietto mi feriva, soprattutto perché mi sarei diplomata la settimana dopo e non lo avrei più visto. Faceva male perché era vero. Non sarebbe mai successo che un uomo bellissimo, intelligente ed esperto come il Signor Parker avesse voluto avere a che fare con una ragazza diciottenne della scuola cattolica la cui unica esperienza sessuale era quella con la sua stessa mano. Ero davvero vergine, sotto tutti gli aspetti, e la fredda, dura verità aveva cominciato ad affondarmi.

Come avrei perso la verginità se non conoscevo l'elemento principale del sesso? Certo, sapevo divertirmi da sola e alcuni video porno sembravano abbastanza facili da seguire, ma nella realtà sarebbe davvero stato così facile?! Gli unici cazzi che avevo visto dal vivo erano quelli dei miei cugini quando i nostri genitori ci facevano nuotare nudi insieme, quando avevamo quattro anni. Ero una verginella inesperta, sola ed arrapata.

"*Ci diplomiamo tra una settimana.*" Passai il biglietto ad Anne, mi morsi un labbro.

Ora stavo solo scrivendo cose a caso nella speranza che non mi vedesse e capisse quanto fossi colpita da ciò che mi aveva appena detto.

"*Non ti toccherà mai.*"

Mi bruciava, davvero. Mi ero presa una cotta assurda per il Signor Parker fin dall'inizio di quell'anno scolastico e ora era quasi finito. Cosa avrei fatto quando non avrei potuto più vederlo tutti i giorni?

"*È figo.*"

"*Tu sei DAVVERO pazza. Non è possibile fare sesso con un insegnante.*"

La risposta mi venne facile, ed era la verità. "*Non voglio nessun altro. Sarà lui a prendersi la mia verginità.*"

Ma realizzare quelle parole era impossibile.

La mia bocca si spalancò quando vidi il Signor Parker camminare verso di me. *Per caso la mia fantasia più importante stava per avverarsi?!* Ovviamente no. Prima che me ne accorgessi, mi prese i biglietti dalle mani e cominciò a leggerli rapidamente.

Oh. Mio. Dio.

Guardai Anne, le sue guance erano rosse come i suoi capelli. Ma non era stata lei a scrivere tutte quelle cose negli appunti. Non sarebbe stata lei a finire nei guai. Sarei stata io.

Quello sarebbe stato il momento perfetto per vedere il pavimento aprirsi sotto i miei piedi e inghiottirmi completamente. Sarebbe stato un suicidio sociale – quello dei miei compagni di classe che avrebbero scoperto che mi volevo fare il prof. Dirlo ad Anne con un bigliettino era un conto, ma questo?! Dio, mi avrebbe fatto vergognare a vita.

Non volevo neanche pensare a cosa avrebbero detto i miei genitori quando sarebbero stati convocati. Erano quasi sempre assenti, se non sempre, appunto, e sembravano considerarmi solo per rimproverarmi o mettermi in punizione. Avevo passato circa la metà dell'anno scolastico con la cameriera, mentre loro viaggiavano per l'Europa, o per l'Africa, o ovunque si trovassero in quel momento. Sapere che volevo fare sesso con un insegnante li avrebbe mandati su tutte le furie.

Chiusi gli occhi e aspettai che leggesse ad alta voce come faceva di solito quando ci faceva prendere appunti.

Trattenendo il respiro, lo guardai attraverso le mie ciglia.

I suoi occhi scuri erano inchiodati ai miei mentre leggeva il biglietto. "Non vedo l'ora di finire questa scuola. Niente più uniformi," disse a voce alta, cosicché tutti potessero sentirlo, mentre tornava verso la parte anteriore della stanza.

Alzai la testa di scatto quando quelle parole uscirono dalla sua bocca. Lo ha letto, ha scoperto la verità e non mi ha sputtanato?

Ero al sicuro dai miei compagni di classe, ma non da lui. Il modo in cui mi guardava incuriosito era un chiaro indizio.

Però non potevo leggergli nel pensiero, e mi stava facendo agitare ed emozionare allo stesso tempo. Sapeva quanto lo desiderassi in quel momento. Lui *sapeva*! Ma sembrava senza emozioni. Era disgustato o infuriato? Era addirittura sciocato, oppure era un episodio comune fra le sue studentesse? Mi avrebbe mandato nell'ufficio del preside? Pensava che il biglietto fosse uno scherzo? O peggio, pensava che fosse tutto vero e non gliene fregava assolutamente niente? Forse aveva già una ragazza, una modella strafiga e mozzafiato, una che conosceva il suo cazzo, che sapeva come accontentarlo.

Io non sapevo nulla su cosa dovessi fare con un uomo. Tutto quello che sapevo era che lo volevo.

Sollevò la fronte, e il rossore che si formò sulle mie guance fu automatico. Per fortuna suonò la campanella e Anne e io ci alzammo di scatto dai nostri posti. Afferrai Anne per un braccio e quasi corsi verso la porta. Ero quasi libera da ulteriori umiliazioni, fino a quando sentii chiamarmi per nome.

"Jane," disse quella voce sempre familiare che perseguitava la mia immaginazione. Quando la mia amica si fermò accanto a me, aggiunse: "Tu puoi andare, Anne. Voglio solo scambiare due parole con Jane."

Il resto dei miei compagni uscì dall'aula e Anne fece lo stesso. Quando finalmente rimanemmo soli, strinsi le mani e aspettai la ramanzina. Volevo abbracciarmi. Nessuna bella parola sarebbe potuta uscire dalla bocca del mio prof leggendo un biglietto che in pratica diceva che volevo essere scopata da lui. I miei pensieri erano sconci tanto da farmi beccare un provvedimento disciplinare? Sarei stata espulsa? Il mio cuore affondò. Il diploma sarebbe stato la settimana seguente. Non c'era modo di -

Si mise a braccia conserte sul suo ampio petto. "Ti voglio proprio qui, un'ora dopo la laurea."

Non volevo rimuginarci su più di quanto non stessi già facendo, ma dal modo in cui mi guardava sembrava che non avessi nulla di cui preoccuparmi. Invece, avrei dovuto preoccuparmi di *tutto*. Aspettai che dicesse qualcos'altro e osservai i suoi occhi scorrere dai miei calzini sulla caviglia, fino alla mia gonna scozzese, poi sulla mia camicetta bianca, per arrivare, finalmente, ad incontrare il mio sguardo sorpreso.

Sapeva che ero bagnata per lui? Riusciva a vedermi mentre mi contorcevo per quel suo scrutarmi?

Non ottenni quella risposta. Quando uno studente a me sconosciuto entrò nella stanza, quello fu un segnale che dovevo andarmene e raggiungere l'aula della lezione seguente.

"Jane, non mi hai risposto" disse.

"Sì," risposi, dirigendomi verso la porta.

"Sì, *signore*," aggiunse, e rimasi pietrificata.

Un brivido mi attraversò il corpo nel sentire il tono profondo della sua voce.

Guardai indietro, vidi che stava aspettando che lo ripetessi.

"Sì, signore," sussurrai, realizzando di aver pronunciato quelle due parole in modo molto sensuale. Già, volevo che fosse il mio insegnante di qualcos'altro, oltre che di diritto.

Mentre camminavo per quei corridoi che non avrei mai più rivisto dopo una settimana, tutto ciò a cui riuscivo a pensare era il periodo dopo la laurea. Mi aveva detto – anzi, no, ordinato - di tornare per rincontrarlo. Dovevo solo chiedermi... perché?

CAPITOLO SECONDO

Signor Parker

Mentre riceveva il diploma era dannatamente meravigliosa, e lo sapeva.

Con i capelli biondi e ondulati che le sfioravano le spalle e gli occhi marrone scuro, era così dannatamente sexy.

Jane. *La mia Jane.*

La scuola era piccola, c'erano solo poche centinaia di studenti. Quindi anche gli insegnanti sapevano diversi fatti sul conto degli studenti, anche se non li avevano nella loro classe. Sapevo che Jane era una delle ragazze dell'ultimo anno più popolari. E lo era senza dubbio per la sua bellezza. I tratti del viso erano morbidi e gradevoli, ma il suo corpo... *Oh, dannazione.*

La gonna nera elegante nascondeva le sue curve lussureggianti, anche se le avevo memorizzate una ad una. Avevo passato l'intero anno a immaginarmi quel culo sotto l'uniforme scozzese, sapendo che la sua pelle chiara sarebbe diventata di un rosa acceso quando l'avrei sculacciata.

Dovetti fare una pausa e pensare ai risultati del baseball per tranquillizzare il mio cazzo. Avere il durello davanti a tutti, proprio alla fine della cerimonia dei diplomi, mi avrebbe solo messo nei guai. Gli accademici più anziani non avrebbero voluto parlare con me, e i genitori, che stimavano molto le istituzioni, avrebbero chiamato la polizia se avessero visto uno degli insegnanti avercelo duro nel guardare la sua classe che si diplomava.

Ma io non stavo guardando l'intera classe. A me importava solo di lei.

Della mia Jane.

Era la ragazza che tutte le altre odiavano, che tutte le altre avrebbero voluto essere, quella che ogni ragazzo voleva scoparsi. Strinsi la mano in un pugno quando sentii il sangue ribollirmi dentro. Al solo pensiero dei ragazzi della sua età che volevano scoparsi Jane ebbi voglia di rompere o dare un pugno a qualcosa. Mi irritavo ogni volta che sentivo parlare di una festa dei ragazzi del quinto, di tutti i ragazzi carini che avevano incontrato. Qualche idiota era riuscito a toccare i seni perfetti di Jane? Avevano aperto le sue cosce cremose e riempito quella figa stretta? Avevano schizzato su di lei nella loro fretta adolescenziale per poi lasciarla insoddisfatta? Un profondo ringhio fece girare l'insegnante di musica verso di me. C'era qualcosa in Jane, qualcos'altro oltre al viso carino e al corpo sexy. Era dolce e sicura di sé allo stesso tempo. Era amichevole, ma non lasciava mai che qualcuno le si avvicinasse troppo. Sia il modo in cui si comportava sia il suo aspetto sembravano farla apparire più grande, più matura di quanto non fosse in realtà. Aveva un aspetto illegale per avere diciott'anni.

Era illegale per un insegnante bramare una studentessa. Ma lei non era più uno studentessa. Sì, era fottutamente giovane, ma era legale ed era mia. Lo avevo capito dal primo giorno, quando si era seduta nella mia aula, e quella piccola gonna dell'uniforme le era un po' salita, scoprendole le cosce pallide. Avevo cercato di essere distaccato, di ignorarla, ma poi aveva iniziato a guardarmi, i suoi occhi mi bruciavano dentro ogni dannato giorno. Lei *voleva*. E anche se era troppo giovane, troppo innocente per riconoscere ciò che sentiva, io lo riconoscevo. Io lo riconoscevo e sarei stato io a darle quello che voleva.

Decisi in quel momento che sarebbe stata mia. Avrei soltanto dovuto pazientare fino alla fine dell'anno, quando non sarebbe stata più una mia studentessa.

Mi chiedevo come avrei approcciato, ma quel giorno durante la settimana prima, e il biglietto che aveva passato alla sua amica Anne? Era stato... il destino. Avrei voluto masturbarmi per tutta la settimana al pensiero che fosse ansiosa di darmi – a me! – la sua verginità, ma decisi di non farlo. Volevo risparmiare ogni goccia per lei. Tutto il mio sperma sarebbe stato dato a Jane. Non vedevo l'ora di riempirla, di guardarla mentre cercava di ingoiare tutto, di vederlo scivolare dal suo culo e dalla sua figa sfondati. Non avrei mai sprecato un'altra goccia in un dannato preservativo. L'avrei presa nuda e cruda, senza niente tra noi. La sua figa vergine non avrebbe mai sentito nulla di diverso.

Cazzo, avevo solo ipotizzato che fosse ancora vergine, ma il suo biglietto l'aveva confermato. Voleva che fossi io la sua prima volta e l'avrei accontentata. Sarei stato *l'unico* delle sue prime volte. L'unico a toccarla. L'unico il cui cazzo avrebbe fatto spalancare quella bocca. L'unico il cui cazzo avrebbe sfondato quel piccolo culo stretto. L'unico che avrebbe preso il suo bel fiorellino. La sua figa, il suo culo, lei era mia. Ogni suo innocente centimetro.

Mi ero stufato di aspettare.

"Allora, come va con l'esame da avvocato?"

Fanculo. Cercai di non gemere di nuovo, mi costrinsi a respingere quei pensieri sporchi nei meandri più profondi del mio cervello. Mi voltai e cercai di mostrare il mio miglior sorriso. Liz, l'insegnante di musica della scuola, mi guardava in attesa di una risposta.

"È tra pochi mesi, vero?" chiese poi, allargando il suo sorriso.

Annuii con la testa e provai a pensare a qualcos'altro da dire per portare avanti la conversazione, quando un familiare ammasso di capelli biondi attirò la mia attenzione da lontano. Jane era raggomitolata in cerchio con Anne e alcune altre amiche. Indossavano le loro vesti da cerimonia, che a mio avviso erano troppo lunghe, ma il vento avrebbe soffiato di tanto in tanto per rivelare le loro gonne scozzesi sopra il ginocchio.

Fanculo. Imprecai di nuovo interiormente. Il mio cazzo aveva ufficialmente un cervello tutto suo. Mi spostai leggermente di lato. Non volevo puntarlo a Liz o a qualcun'altro, e con Jane, volevo fare molto di più che puntarlo.

"Cazzo", mi dissi, scuotendo la testa e ridendo. I miei pensieri mi stavano tradendo, e sapevo che ogni tentativo di tenerli sotto controllo era vano.

"Oh..." L'espressione sul viso di Liz era impagabile. Aveva tre anni più di me, ma si comportava come se ne avesse più di trenta. Per dirla in parole povere, se ne andava in giro come se avesse un bastone su per il culo, e qualcuno avrebbe dovuto tirarglielo fuori, ma quel qualcuno non sarei stato io.

"Mi dispiace," mi scusai. "Mi sono appena ricordato che devo sbrigare una questione."

"Oh, di cosa si tratta?" chiese, spostando gli occhi per guardare gli studenti e i genitori che gironzolavano qua e là.

Molti di loro scattavano delle foto e si scambiavano gli auguri. Osservai Jane da lontano. Aveva il telefono in mano e si faceva dei selfie con gli amici. Notai che era l'unica del suo gruppo a non avere in mano un mazzo di rose.

Dov'erano i suoi genitori? Se n'erano già andati?

Questi ricchi e benestanti studenti avevano spesso dei genitori assenti. Beh, i genitori dovevano pur ottenere tutti quei soldi in qualche modo. La retta annuale di cinquantacinquemila dollari non si sarebbe pagata da sola.

"Scusa, ti sto dando fastidio?" chiese Liz, visto che non avevo detto più nulla negli ultimi due minuti.

Sì. "No, certo che no" dissi un po' troppo in fretta. "Voglio dire... non c'è molto da dire riguardo allo studio per l'esame da avvocato, no? È fra due mesi, quindi sto semplicemente cercando di imparare più informazioni possibili. Passerò l'estate sui libri."

O sulle cosce aperte di Jane.

"Beh, sono sicura che insegnare diritto aiuti."

Non proprio, ma annuii. "Sì, sì, aiuta."

Jane aiuta, rispose la mia coscienza, e capii che avevo bisogno di andarmene prima di avere una vera e propria erezione che tutti avrebbero visto. "Scusami."

Mi voltai senza dire altro, e tornai all'edificio principale, salii le scale fino alla mia classe per aspettarla.

Per aspettare Jane. Per farla mia. Finalmente.

Il solo pensiero di Jane e di quel biglietto che si era passata con Anne fu sufficiente a far balzare il mio cazzo contro i pantaloni. Appoggiai saldamente il dorso della mia mano contro il mio uccello. Grazie a Dio, cazzo, l'edificio era completamente vuoto. Quello che volevo fare a Jane sarebbe stato tutto per me. Sarei stato l'unico a vedere il suo corpo, l'unico a sentire i suoi gemiti. L'avrei presa come volevo, dove volevo, inclusa la mia fantasia preferita, piegata sulla scrivania.

A novanta con le gambe divaricate.

Sul pavimento. Sotto il tavolo, inginocchiata fra le mie gambe, succhiandomelo mentre mi sedevo sulla mia sedia. Contro gli armadietti.

Gli oggetti scolastici sparpagliati qua e là sarebbero stati la ciliegina sulla torta – quel righello era perfetto per sculacciarla.

È vergine, ricordai a me stesso.

Avremo tempo, più in là, per le cose più selvagge. In quel momento, anche solo pensare al sesso tradizionale con *lei* era sufficiente a farmi venire nei pantaloni. Inclinai la testa e guardai l'orologio proprio sopra lo stipite della porta. Sarebbe arrivata da un momento all'altro, ma il mio uccello non riusciva più ad aspettare. Lo stavo sfregando da qualche minuto. Ancora qualche carezza e avrei combinato un casino, e non volevo vedere il mio sperma da nessuna parte se non in Jane.

Non riuscivo a controllarmi, cazzo. Ovunque guardassi, in ogni punto dell'aula, pensavo a cosa le avrei fatto.

Ci fu un leggero toc-toc alla porta.

"Entra," dissi.

La porta si aprì e Jane entrò.

Le sue guance erano rosse per il caldo, per il sole estivo, alto nel cielo là fuori. Tuttavia, non potei fare a meno di notare che diventavano più rosse quando i suoi occhi incontravano i miei. I suoi occhi - titubanti e pieni di aspettative allo stesso tempo. Sapeva cosa sarebbe successo, ma, allo stesso tempo, non avrebbe saputo cosa fare.

Sorrisi a quel pensiero. Le avrei insegnato tutto, tutto quello che aveva bisogno di sapere, e lo avrei fatto con calma. Più è lunga l'attesa, più il frutto è dolce, e quell'espressione non avrebbe potuto essere più adatta che con Jane.

Rimase fissa al suo posto, aspettando che le dicessi cosa fare. Sì, sarei stato il suo insegnante ancora una volta. Mi ero innamorato di lei durante quell'ultimo anno, ascoltando le battute che faceva coi suoi amici, sforzandomi di sentire le sue risate. Non era mai stata crudele con le sue compagne di classe o dispettosa con altre studentesse. Era di classe, bella ed estremamente intelligente. Ed era sola. Riconobbi quello sguardo nei suoi occhi, il bisogno di avere un punto di riferimento, qualcuno a cui appartenere.

Era mia, semplicemente non lo sapeva ancora.

"Chiudi la porta. Jane. A chiave."

CAPITOLO TERZO

Jane

Feci come mi chiese. Chiusi la porta, girai la chiave, e più passavano i secondi, più mi sentivo nervosa ed eccitata allo stesso tempo. Oggi era il grande giorno, il giorno in cui avrei perso la verginità col Signor Parker. Il solo fatto di pensare a lui mi fece bagnare, e strinsi le mie cosce insieme quando sentii le mie pareti interne contrarsi in anticipo. Avevo fantasticato così tanto su quel momento. Dal primo giorno che era entrato in classe e si era presentato come il nostro prof, tutto quello che avevo desiderato era che mi portasse a letto.

Quando sentii il clic della porta, trattenni il respiro e aspettai che mi desse altre istruzioni. Aveva attaccato un cartoncino spesso rosso sopra la lunga finestra rettangolare della porta. La sua stanza era al secondo piano. Sotto di noi, sul campo da calcio, i genitori e gli ex compagni di classe gironzolavano per scattare foto, abbracciare le nonne e organizzare i festeggiamenti. Il fatto che fossero così vicini, ma non avessero idea di dove io fossi o di cosa stessi facendo, mi rendeva totalmente sexy.

Nessuno poteva vedere l'interno di quella stanza se non gli uccellini. Ero sola con il Signor Parker.

Non sapevo perché, ma mi piaceva la sensazione di sentirmi dire cosa fare, specialmente se gli ordini venivano da lui. Si sentiva più forte e più potente quando mi comandava a bacchetta, e amavo quella sensazione di sicurezza che mi dava. Con lui che mi dominava, sentivo di valere, come se gli importasse di me. Non sapevo quasi nulla del sesso, anche se ne parlavo tanto e avevo visto un sacco di porno. Ma quando si trattava della realtà, avevo bisogno di qualcuno che mi guidasse e io ero così felice che quel qualcuno sarebbe stato il Signor Parker.

Appoggiandosi alla scrivania, mi fissò, toccò l'abito largo dell'uniforme del diploma. A quel suo sguardo fisso, sentii subito un'ondata di calore scorrermi nelle vene. I suoi occhi vagavano lungo il mio corpo, dalla mia faccia alle mie gambe, e mi preoccupai quando inclinò le labbra in un'espressione accigliata.

Cosa avevo fatto?

"Toglilo." Puntò il dito verso l'abito.

Esitante, feci come mi disse e tenni gli occhi su di lui, mentre il materiale nero cadeva e si raccoglieva attorno alle mie scarpe marroni dell'uniforme e ai calzini alla caviglia. All'improvviso, l'aria intorno a me si fece più calda. C'erano, letteralmente, solo una gonna scozzese e un paio di mutandine a separarmi da lui. Volevo questo, no?

Certo che lo volevo, mi ribadii mentalmente.

Ma non sapevo cosa fare! E se non l'avessi accontentato? Aveva avuto donne, donne vere - non ragazze come me - e se non fossi stata attraente per lui, con i miei modi timidi?

Prima che potessi indietreggiare, si staccò dalla scrivania e si avvicinò a me.

"Sei stata una ragazza cattiva, Jane," disse, il mio nome rotolò giù per la sua lingua. "Nel passare i bigliettini in classe..." distolsi lo sguardo, i miei nervi stavano avendo la meglio su di me. La mia figa non stava collaborando però. I miei muscoli *lì sotto* si stavano contraendo e rilassando ancora e ancora.

"E scrivere di perdere la verginità invece di ascoltare il ripasso per l'esame."

Lentamente, scosse la testa da un lato all'altro e sentii un gran vuoto allo stomaco.

Lo avevo deluso.

"Vuoi che qualcuno battezzi la tua figa per la prima volta?"

Mi morsi il labbro inferiore a quella domanda, e riuscii a mormorare un piccolo "no".

"Non ti ho sentito, Jane."

"No?" Smise di muoversi e io presi coraggio.

Ora o mai più, Jane.

"No. Non voglio che qualcuno battezzi la mia figa." Mi leccai le labbra e fissai le sue. "Io voglio te."

Era così vicino a me, a poco più di mezzo metro di distanza, e potevo vedere solo un accenno di un sorrisetto malizioso sulle sue labbra carnose. "Vuoi che io battezzi la tua dolce figa?"

"Sì."

"Sì cosa?" Alzai lo sguardo e vidi che i suoi occhi scuri

erano dilatati e concentrati totalmente e completamente su di me. Certo, ero vergine, ma altri ragazzi prima di lui mi avevano guardato in quel modo. Il signor Parker mi voleva. Mi voleva tanto quanto io volevo lui.

"Sì, signore. Voglio che sia lei a prendersi la mia figa," dissi, un po' più fiduciosa della prima volta.

Mi bloccai quando sentii la sua mano sfiorarmi la coscia sull'orlo della gonna dell'uniforme. Trattenni il respiro mentre accarezzava un po' più in alto, poi si fermò.

"Prima devo darti una lezione," disse. Improvvisamente si allontanò da me.

Piagnucolai, chiedendomi cosa avrebbe fatto. Il mio cuore batteva freneticamente e mi morsi un labbro, mentre lo guardavo avvicinarsi alla sua scrivania e aprire il cassetto. Tirò fuori un righello e cominciò a sbatterne il margine contro il palmo della sua mano. Ogni schiocco netto e rumoroso mi faceva irrigidire la figa. Quando si voltò di nuovo verso di me, tremavo talmente tanto che riuscivo a malapena a reggermi in piedi. Avevo sentito l'espressione *mi tremano le ginocchia*, ma non l'avevo mai davvero capita... fino a quel momento.

"Ecco", indicò la scrivania, poi mi guardò con quegli occhi scuri e penetranti. Mai, nemmeno una volta mi aveva guardato così in classe. Deglutii di fronte a quella tale intensità. "Le ragazze cattive che infrangono le regole della scuola devono imparare la lezione."

Dentro di me facevo i salti di gioia fra i nervi tesi. Mi resi conto che non dovevo preoccuparmi così tanto. Dovevo smetterla di pensare troppo. Non dovevo aver paura che il Signor Parker cambiasse idea e se ne andasse. Se non avesse voluto fare sesso, mi avrebbe detto che avevo commesso un errore e mi avrebbe chiesto di andarmene. Cazzo, se non mi avesse voluto, non mi avrebbe ordinato di essere lì quel giorno, in quel preciso istante, esattamente un'ora dopo il diploma.

Ed eccolo lì; mostrava un lato di sé diverso, più sexy, più selvaggio, un lato che gli altri studenti non avrebbero mai visto. Solo io potevo.

"Mi sculaccerà?" chiesi, camminando verso la scrivania.

Quando si fermò lì, capii che stava aspettando. Mettendo le mani sul legno fresco, piegai il busto sulla scrivania.

Non sprecò altro tempo e si mise al mio fianco.

"Le ragazze cattive vengono sculacciate a culo nudo. Solleva l'uniforme, per favore."

Oh mio Dio.

Sporgendomi all'indietro sollevai lentamente l'orlo della mia gonna scozzese, scuotendo intanto i fianchi, così da farla rimanere ferma sulla vita.

Girai la testa e vidi che stava fissando il mio culo coperto dagli slip, con la mascella serrata.

"Niente mutandine, Jane. Se mi darai la tua figa, significa che dovrà essere sempre scoperta e disponibile per me."

Le sue mani si fecero strada verso l'elastico delle mie mutandine di pizzo bianco e le tirarono giù in modo che rimanessero appena sopra le mie ginocchia. Sentivo l'aria fredda sulla mia pelle nuda, sapevo che ora poteva vedere *tutto*.

Il righello mi colpì con un suono sordo e mi spaventai. Il calore violento di quel colpo mi fece ansimare.

"Non è permesso scambiarsi bigliettini".

Agitò di nuovo il righello. Sibilai un respiro quando colpì un altro punto.

"Cosa hai da dire al riguardo, Jane?" chiese, colpendo di nuovo.

Gli schiaffi erano forti e caldi, ma non eccessivamente dolorosi. Infatti, mi avevano soltanto fatto bagnare di più.

Credo proprio che riuscisse a vedere quegli effetti che la sculacciata stava avendo su di me.

Lasciò cadere il righello sulla scrivania con un rumore metallico.

Questa volta, quando mi sculacciò, lo fece con la sua stessa mano.

Ansimai.

"Jane?"

"No, signore. Voglio dire, sì, signore." Non sapevo come avrei dovuto rispondergli. Avevo dimenticato quale fosse la domanda mentre il palmo della sua mano accarezzava la mia carne rovente.

"Ti piace startene sulla mia scrivania in questo modo? Punita dal tuo insegnante, ragazza cattiva?"

"Sì, signore," dissi. Dicevo la verità, e lui lo sapeva. Altrimenti non sarei stata lì. Altrimenti non sarebbe stato lì a sculacciarmi.

"Ti piace l'idea che qualcuno possa entrare e vedere quanto sei monella?"

Non avevo pensato a nessun altro, solo al Signor Parker. Mi dimenai sulla scrivania, all'improvviso divenni nervosa.

"Signor Park-" cominciai, ma fui interrotta quando il suo dito scivolò sulle mie pieghe bagnate, poi iniziò a girare intorno al mio clitoride. Prima lentamente, sentivo l'eccitazione crescermi dentro, ma poi cominciò a velocizzare il ritmo. "*Per favore* mi faccia un ditalino," gemetti e supplicai. "Per favore, Signore." Lo volevo dentro di me.

"Calma, Jane," disse, senza mai fermare i movimenti del suo dito. "Grandi soddisfazioni premiano coloro che sanno aspettare. Lascia fare a me."

Chiusi gli occhi e annuii con la testa, mentre lui si sporse in avanti, il suo petto era ora contro la mia schiena. Adesso eravamo entrambi piegati sulla scrivania. "Prima che tu possa accorgertene, avrò il mio cazzo dentro te, spingendo dentro e fuori, sentendo tutto dentro di te. Ma farti un ditalino? Che pensiero insolente. La prima cosa che sentirai in quella figa vergine sarà il mio cazzo." Per ribadire il concetto, sfregò i suoi pantaloni contro il mio culo morbido, tutto mentre il suo dito faceva godere il mio clitoride.

I miei gemiti si fecero più forti mentre continuava a sfregarsi contro di me. Riuscivo a sentire un crescendo dentro di me, come se stesse per accadere qualcosa di bellissimo.

Continuavo a supplicare "di più", e non smise mai di muovere il dito. Il mio clitoride era gonfio e sensibile sotto le sue attenzioni, ma la mia fica si sentiva sola. Non mi ero mai sentita così quando mi ero toccata da sola. Volevo *di più*.

"Scopami, *per favore*", supplicai quando quella sensazione cominciava a diventare troppo difficile da gestire per una vergine come me.

"Che cosa ho appena detto sull'essere pazienti, Jane?" disse, con la mano libera che scendeva sul mio sedere, il calore del colpo che si mescolava al mio bisogno. Sembrava serio e scherzoso allo stesso tempo. "Sono io che comando. Questa è la mia classe, non è vero, Jane?"

Annuii con la testa.

"Sei per caso tu l'insegnante?"

"No." Io stessa non sapevo cosa fare, figuriamoci guidare qualcun altro. *Dannazione, Jane.* Mi rimproverai fra me e me.

"Esatto," fece scorrere una mano su e giù per la mia coscia nuda, facendomi tremare. "Perché sono io il tuo insegnante."

"Sì, Signore." La risposta mi uscì spontaneamente di bocca.

Avremmo fatto sesso – dovevo soltanto aspettare. Ci saremmo arrivati, ma lo volevo *adesso*. Il calore nella mia figa era troppo, e sentivo come se stessi per perderlo.

"Bene," disse, continuando a strofinare le dita contro di me, mentre si sporgeva in avanti in modo da farsi guardare in viso da me. "Sei sicura di volerlo, Jane? Che sia io a prendermi la tua verginità? Una volta che cominciamo, non si torna indietro. Sarai mia."

Mia.

Annuii con la testa contro la scrivania. "Sì." Lo dissi di nuovo, ma più forte questa volta. "Sì, Signore."

"Perfetto. Prendi la pillola?"

Si fermò quando scossi la testa. "No. Ho portato un preservativo."

Mi sculacciò di nuovo. "Sei mia, Jane. E voglio entrarti

dentro a nudo. Voglio sentire ogni cosa quando il mio cazzo è sepolto dentro di te fino alle palle."

Mugolai all'idea che il suo cazzo entrasse dentro di me, pelle contro pelle mentre attraversava quella stretta barriera. Ma avevo anche paura. Non ero pronta per avere un bambino. Non ero pronta per questo.

Il suo dito si spostò verso l'ingresso della mia figa con movimenti circolari. "Non faremo sesso oggi. E non faremo sesso col preservativo. Mai. Non voglio nessuna barriera fra noi", cominciò a dire. "Vai dal dottore domani e fatti prescrivere la pillola."

"Sì, Signore." Per poco non cedetti per il sollievo dopo quel momento di panico. Quindi era tutto lì? Era una specie di presa in giro? Un test? Cos'altro?

Il suo dito si allontanò e lui fece un passo indietro. Aspettai ancora un momento in quella posizione, poi mi alzai dalla scrivania. Quando mi voltai per guardarlo in faccia, i suoi occhi si posarono sull'apice delle mie cosce e rapidamente feci tornare la gonna giù prima di rimettermi le mutandine.

"Quelle le togli."

Alzai gli occhi su di lui mentre le ritiravo su, poi deglutii, cambiando direzione. Le feci scivolare su un piede, poi sull'altro, mettendole nella sua mano tesa verso di me.

Ero dolorante, bisognosa e così dannatamente eccitata mentre lo guardavo infilarsele nella tasca dei pantaloni. Il mio sedere bruciava per la sua punizione. Mi sentivo... castigata e avevo sicuramente imparato la lezione. Il Signor Parker non mi avrebbe permesso di farla franca con nulla. Avevo anche imparato che non venire era più una conseguenza che una sculacciata.

Un pizzico di delusione si agitava dentro di me. *Quindi non avremmo fatto sesso quel giorno? Era arrabbiato perché ero impreparata, perché gli avevo detto che avremmo usato un preservativo?*

Ma tutte le mie insicurezze e le mie domande volarono fuori dalla finestra quando disse: "Ma comunque, per ora, ci sono altri modi per divertirci... tanti, tanti altri modi."

Il sorrisino sexy sul suo viso mi turbò ed eccitò.

Girando attorno alla scrivania, tirò indietro la sedia, si sedette.

"Prenderò prima la tua bocca vergine, signorina."

Mi fece segno di avvicinarmi col dito e, mentre giravo attorno alla scrivania per unirmi a lui, si slacciò la fibbia della cintura. Mentre me ne stavo in piedi tra le sue ginocchia aperte - lui davanti a me e la scrivania dietro di me - il suo palmo si sollevò per stringere di nuovo la mia guancia, e non potei fare a meno di strofinarla più vicina a lui. La sua mano era calda e ruvida, le mani di un uomo, e mi faceva sentire protetta.

Ero molto nervosa per quello che stava per accadere. Avevo visto abbastanza porno per sapere che mi avrebbe riempito e scopato in bocca.

Lentamente, mi inginocchiai davanti a lui.

"Ho sognato di averti qui, proprio in questa posizione. Slacciami i pantaloni."

Seguii le sue istruzioni mentre continuava a parlare.

"Ti ho immaginato sotto la mia scrivania, la tua bocca su di me, a succhiarmi lo sperma dalle palle."

Gemetti al pensiero di fare quelle cose a lui, mentre le altre ragazze erano sedute ai loro banchi e sostenevano gli esami finali. Io non dovevo sostenere una prova scritta. Il mio voto si sarebbe basato su una prova orale.

C'era quell'espressione sul suo viso – un misto fra un sorriso e un ghigno - ma i suoi occhi mi guardavano con gentilezza. Non avevo bisogno di preoccuparmi e pensare troppo. Solo dal suo sguardo capii che non mi avrebbe fatto del male.

Esitanti, le mie mani iniziarono a slacciargli i pantaloni e i miei occhi fissarono lo spesso rigonfiamento sottostante. Non indossava gli slip.

"Jane..." Il suono del mio nome mi riportò alla realtà. "Tutto bene?"

Sbattei le palpebre una volta, poi due volte, poi guardai l'uomo davanti a me attraverso le ciglia. La mia figa stava pulsando. Volevo - avevo bisogno - di sentire di più, ma non avremmo fatto sesso quel giorno. Non riuscivo a credere che pensassi davvero di poter far sesso col preservativo. Era molto più esperto di quanto potessi mai immaginare, e ancora non riuscivo a credere che volesse fare sesso con me. Quel solo pensiero mi faceva eccitare di più, se era possibile sentirmi più eccitata di quanto già non fossi.

"Dimmi cosa devo fare", fu tutto quello che dissi, e i suoi occhi si addolcirono ancora di più.

"Certo," fu la sua risposta, e poi mi strinse la mano prima di metterla sopra la cerniera aperta. "Imparerai a succhiarmi il cazzo come una brava ragazza, vero?"

Respirò profondamente quando la mia mano cominciò a strofinare su e giù, e, poi, si tirò il cazzo fuori dai pantaloni. Riuscii soltanto a guardare per qualche secondo mentre annuivo con la testa. Era la prima volta che ne vedevo uno nella vita reale, ma *dannazione*, il suo cazzo era enorme, anche per gli standard dei porno. Non si accorse della mia espressione scioccata, o, se lo fece, la ignorò. Piuttosto, avvolse le mie dita intorno alla sua lunghezza e cominciò a muovere la mia mano su e giù. Su e giù.

Mi leccai le labbra. "Sì, Signore."

"Puoi iniziare con le mani prima di usare la bocca", mi consigliò, con parole lente e intervallate da gemiti di piacere.

Con un lento cenno del capo, continuai a muovere la mano su e giù per tutta la lunghezza del suo cazzo prima che la mia bocca cominciasse a volteggiargli appena sopra la punta. Piantai dei baci dolci e fugaci sulla sua cappella, e mi coglieva di sorpresa quando sobbalzava, ogni volta che baciavo e succhiavo lentamente. Mi sentii subito più sicura di me e cominciai a prenderlo di più in bocca, sempre più a fondo, finché non tolsi la mano. Il gemito che suscitavo in lui era musica per le mie orecchie. Sembrava che stesse facendo del suo meglio per tacere, ma non ci riusciva proprio.

"Sì, Jane..." mi disse mentre la sua testa si reclinava all'indietro e i suoi occhi rimanevano chiusi. "Questa tua bocca... sai sicuramente come usarla. Pensavo fossi una ragazza per bene."

Non mi sentivo una ragazza per bene. Ero in ginocchio, in classe, davanti alla grossa cappella del cazzo del Signor Parker che mi toccava il retro della gola. Mi chiedevo fino a che punto sarei riuscita a prenderlo in profondità mentre respiravo attraverso il mio naso. Di tanto in tanto facevo dei versi dovuti ai conati di vomito, ma lui non sembrava ammosciarsi. In realtà lo facevano eccitare ancora di più, se le sue mani che mi tenevano delle ciocche di capelli potevano essere un indizio.

"Sì, Jane... così è perfetto," mormorò lui, le sue mani guidavano i movimenti della mia testa, su e giù per il suo uccello. "Sei fottutamente perfetta."

Prima di accorgermi di cosa stesse succedendo, sentii il suo uccello contrarsi dentro la mia bocca e poi un flusso di sperma mi sopraffece. Salato. Sapeva proprio di lui. Rimasi pietrificata mentre mi inondava la bocca.

"Ingoialo.'"

Lo feci automaticamente, ancora e ancora per mandarlo tutto giù. Quando l'inondazione si fermò, spostai la testa all'indietro e vidi alcuni deboli zampilli gocciolare dalla punta della sua lunghezza ancora dura. Subito leccai di nuovo per non perderne nemmeno una goccia. Quando i miei occhi incontrarono i suoi, potei vedere il Signor Parker che mi fissava intensamente. Sembrava sazio.

"Cazzo, Jane," iniziò. "Sei stata fantastica."

In ginocchio davanti a lui mi sentivo piccola. Se da un lato sapevo di essergli piaciuta, dall'altro temevo di non essere paragonabile a tutte le altre donne e alla loro esperienza. "Lo stai dicendo solo per..."

"No, non è vero." Scosse la testa, i suoi occhi non lasciarono mai i miei. "Hai seguito le mie indicazioni, e cazzo... hai inghiottito mentre la tua bocca era ancora intorno al mio uccello. Vergine o meno, sei davvero *rara*, Jane."

Non sapevo come rispondere a quelle parole. Per una vergine come me, le sue parole mi fecero sentire come se avessi appena vinto le olimpiadi. Ero stata spaventata e nervosa per tutto il tempo. Non volevo deluderlo - continuavo a non farlo - ed era incredibile sapere che gli ero piaciuta. Ora potevo tornare a respirare.

"E me l'hai soltanto succhiato." La sua faccia era un misto tra l'esaltato e il confuso. "Sono sicuro che scopare la tua fica sarà fantastico."

"Domani mi occuperò per prima cosa della pillola," promisi.

Ero sicura di potermi infilare per un appuntamento dell'ultimo minuto in una clinica lì vicino. Avevo diciotto anni e non dovevo più preoccuparmi del fatto che il dottore potesse dire a mia madre che volessi prendere la pillola. Probabilmente non le sarebbe nemmeno interessato se fossi stata sessualmente attiva. Forse sarebbe persino stata orgogliosa di quella protezione.

"Non posso aspettare," disse, prendendo un pezzo di carta dal suo cassetto scarabocchiandoci qualcosa sopra. "Ecco il mio indirizzo. Ci vediamo a casa mia, domani sera. Preparerò io la cena."

Tutto quello che riuscivo a fare era annuire, ma, nel profondo, avevo le farfalle nello stomaco.

"Indossa la tua uniforme, ma niente mutandine."

Feci soltanto, di nuovo, un cenno.

"Controllerò."

E, a quell'ultima parola, mi alzai e mi diressi verso la porta. "E Jane?" mi voltai per guardarlo, proprio come avevo fatto l'ultimo giorno di lezione. Questa volta, però, sapevo cosa volesse da me. Avevo la pancia piena di sperma come prova della mia convinzione.

"Non toccarti. Quella fica appartiene a me. Non ti ho fatto venire di proposito. Se ti comporterai male, non ti punirò soltanto con una sculacciata. Se verrai da sola, me ne accorgerò."

Le mie pareti interne si contrassero, mentre mi chiedevo come sarei riuscita a resistere fino alla sera dopo.

CAPITOLO QUARTO

Jane

Mi piaceva e allo stesso tempo mi infastidiva la sensazione del vento notturno che mi sfiorava la figa nuda sotto la gonna corta. Ero l'unica persona che portava ancora la divisa scolastica. Mi ero diplomata e non ero più una studentessa. Ma io ero l'allieva del Signor Parker, e se voleva che indossassi la divisa da scolaretta, allora l'avrei indossata.

Proprio come mi aveva ordinato, non indossavo le mutandine, e nel momento in cui lasciai la mia macchina e mi avvicinai al suo porticato, mi sentivo calda e fredda allo stesso tempo, fresca per l'aria notturna, ma riscaldata dai pensieri che mi balenavano nella testa. Una parte di me era spaventata. Mi era stato ripetuto fino alla nausea di non parlare mai con estranei, tanto meno di andare a casa loro. Scossi la testa a quei pensieri.

Il Signor Parker non era un estraneo. Avevo frequentato le sue lezioni per tutto l'anno. Gliel'avevo succhiato il giorno prima. Se avesse avuto cattive intenzioni, avrebbe già mostrato la sua vera natura. Respinsi i pensieri negativi nella parte posteriore della mia testa; sapevo che mi stavo soltanto facendo troppi problemi.

L'aver preso la pillola all'inizio di quella mattinata mi era sembrato come un campanello d'allarme, che quel fatto – perdere la verginità - sarebbe davvero successo. Tuttavia divenni un po' depressa quando il ginecologo mi disse che avrei dovuto aspettare sette giorni per essere protetta dalla gravidanza qualora avessi fatto sesso. Presi nota mentalmente per dirlo al Signor Parker. Avrebbe aspettato... giusto? Non aveva bisogno di fare sesso al più presto, vero? Non si sarebbe cercato qualcun'altra... giusto?!

Aprì la porta prima che potessi suonare il campanello.

"Ho sentito la tua auto", mi spiegò. Almeno sapevo che era impaziente di vedermi.

Si spostò di lato per farmi entrare. "Spero vivamente che non indossi niente sotto quell'uniforme, signorina."

Il solo profondo comando della sua voce mi fece bagnare.

Quando mi voltai per guardarlo, aveva chiuso la porta e ci si era appoggiato, a braccia conserte.

Mi resi conto che stava aspettando che glielo mostrassi.

Lentamente tirai su la gonna, tenni l'orlo con le dita in vita. I suoi occhi si spalancarono alla vista della mia figa, nuda e bagnata per lui. Non sapevo perché fosse così sorpreso, ma la fissò in un modo così intenso e misterioso che non potei fare a meno di pensare a quell'incontro dopo il diploma. Era stato così bello succhiarglielo. Pensavo che le donne lo facessero solo per compiacere gli uomini, ma io l'avrei fatto in qualsiasi momento, anche se non me lo avesse chiesto. Mi faceva sentire potente, *io,* il modo in cui ero stata *io* a farlo venire. Una piccola ragazzina vergine come me aveva mandato in estasi il Signor Parker.

Qualsiasi cosa di quell'estasi – ne volevo semplicemente di più, la forma del suo uccello, la sensazione che suscitava in me l'averlo in mano, sulle labbra e in gola, e anche la sensazione del suo sperma che mi inondava la bocca. Il suo gusto.

"Sei andata dal dottore?"

Annuii con un cenno del capo e iniziai a riabbassarmi la gonna, ma mi fermai quando scosse la testa.

"Voglio guardare la mia figa vergine."

Mi schiarii la gola e arrossii, ma risposi alla sua domanda. "La dottoressa... lei ehm, ha detto che dobbiamo aspettare una settimana."

Rispose annuendo e mi disse che potevo lasciar cadere la mia gonna. "Vieni."

Mi prese la mano e mi fece entrare. Mi sembrava di essere a casa in quel posto. Non era grande come la casa dei miei genitori, che in realtà era una villa, ma per lui era più che sufficiente. Il soggiorno era dotato di un sistema di gioco altamente tecnologico, e proprio sotto la sua TV c'erano numerose console in attesa di essere suonate. Non erano quegli accessori a farmi sentire più eccitata e più bagnata di quanto non fossi già; erano i mobili. Stavo pensando a tutti i posti in cui avremmo potuto fare sesso, dalla scrivania del computer o dal divano a tre posti fino al tavolo da pranzo per quattro o al bancone della cucina in granito. La mia mente correva all'impazzata, e lui era l'unico in grado di saziarla.

"Ti avevo promesso che avrei cucinato la cena. Così possiamo evitare il rumore e gli sguardi indiscreti."

"Ma i preliminari... non possiamo farli in pubblico", dovetti aggiungere. Ero stata così tranquilla fino a quel momento che non volevo pensasse che mi ero pentita di andare. In realtà era tutto ciò che volevo.

"Oh, Jane..." Scosse la testa; gli era di nuovo tornato quel sorriso. "Ho ancora così tante cose da insegnarti..."

Volevo fargli delle domande, ma andò in cucina. *Cosa avrei dovuto aspettarmi esattamente? Potevamo fare i preliminari e il sesso in pubblico?* Presi nota mentalmente che avrei dovuto cercare dei video porno in luoghi pubblici. Mi resi conto che ce n'erano a tonnellate dai quali avrei dovuto imparare, ma ehi, se avessi avuto intenzione di studiare, avrei *sempre* scelto educazione sessuale piuttosto che matematica o inglese.

Il delizioso profumo del cibo italiano mi distrasse e andai in cucina a guardare il Signor Parker estrarre con cura una teglia di lasagne dal forno.

"Signor Parker, sembra squisito."

"Chiamami solo Gregory," disse lui facendo l'occhiolino. "Ma non dirlo ai tuoi compagni di classe."

Il mio cuore sobbalzò. Potevo chiamarlo col suo nome? Nessuno dei miei amici avrebbe potuto farlo.

"Ex-compagni di classe." Ricambiai il suo sorriso col mio. "Mi sono diplomata ieri, ricorda?"

Vidi il Signor Parker - Gregory - scuotere la testa

mentre sorrideva sotto i baffi. "Ovviamente. Come posso dimenticare quello che abbiamo fatto?"

Sentii un'ondata di calore su tutto il corpo, dal petto alla figa. Non avevo bisogno di chiedergli di spiegarsi. Stavamo pensando alla stessa cosa. Quel momento nella sua classe era stato semplicemente troppo bello per poterlo dimenticare. Espirai pesantemente; non avevo bisogno di preoccuparmi così tanto. Non sembrava voler fuggire e mollarmi da un momento all'altro.

"Posso aiutare in qualcosa?" Chiesi.

Una buona parte di me sperava che dicesse "no". Ero quasi inutile in cucina da quando i miei genitori avevano assunto uno staff completo per gestire la casa, dalla cucina alla lavanderia, fino al giardinaggio. Non volevo pensarci, ma all'improvviso mi sentii imbarazzata per aver vissuto così viziata. Speravo che il Signor Parker non la pensasse diversamente se si fosse reso conto che ero viziata e che non sapevo fare quasi nulla in casa. "Posso prendere le bevande."

"Shh," fu la sua rapida risposta. "Sei mia ospite. C'è del pane all'aglio nel forno. L'ho preparato qualche tempo fa per noi. Siediti e mettiti comoda." Gli feci un cenno. "Puoi andare in salotto e cercare qualcosa da guardare. Sarò lì fra un secondo."

"Okay." Non ero così ingenua da ascoltarlo. Quando il Signor Parker voleva qualcosa, la otteneva sempre. E avermi lì come ospite non era un'eccezione ora che ero fuori dalla sua classe.

Dopo pochi minuti mi raggiunse con piatti di lasagne e pane. Il mio stomaco brontolò quando l'odore mi aleggiò davanti al naso, e sentii che cominciava a venirmi l'acquolina in bocca.

Posò i piatti sul tavolino da caffè prima di tornare in cucina. Quando mi voltai per vedere cosa stesse facendo, tornò con una bottiglia di soda e due bicchieri in mano. Versò i nostri drink e poi si sistemò comodamente sul divano accanto a me. Le nostre gambe si sfiorarono, e non riuscii a fermare il mio cuore che batteva all'impazzata e i miei capezzoli che si appuntivano. Aveva quell'effetto su di me.

"Ai tuoi genitori sta bene che passi la notte fuori?" chiese poi.

Essendo quasi un decennio più giovane di lui, mi misi sulla difensiva. "Ho già diciotto anni."

Mi sorrise, poi guardò il mio corpo e rispose con un mormorio: "Lo so."

Mi calmai prima di continuare: "Sono in Europa... dalla scorsa settimana."

"Hmm... avevo intuito." Quando alzai un sopracciglio verso di lui, continuò, "Anne e le altre tue amiche hanno ricevuto i fiori per il diploma mentre... tu..."

"Niente... non ho ricevuto niente", finii la frase e lo osservai mentre annuiva in segno di approvazione.

Prima che il mio umore prendesse una brutta piega, emise un colpo di tosse e portò la conversazione altrove.

"Allora, quali sono i tuoi piani per il college?"

Sgranai gli occhi, sia per il fatto che aveva già mangiato metà del suo piatto, sia perché mi stava facendo delle domande. Domande vere, su di me. Non su quanto fosse bagnata la mia figa o se indossassi un reggiseno.

Pensavo che volesse solo fare sesso con me, una vergine, quindi perché invece stavamo parlando? Non che mi lamentassi. No, anzi, tutt'altro. In verità, mi piaceva ancora di più. Voleva davvero parlare con me, una ragazza che a malapena sapeva qualcosa del mondo. Lui non mi guardava dall'alto in basso. *Sarebbe mai potuto essere più perfetto?*

Durante il resto della cena, gli raccontai i miei piani per frequentare il college della città. Per tutto il tempo, mantenni il contatto visivo, rendendomi conto che non mi sarei mai stancata di guardare quegli occhi marroni color caramello.

CAPITOLO QUINTO

Gregory

"Perché vuoi andare al college qui?" chiesi, guardandola mentre beveva un sorso dalla sua bibita, osservando il movimento della sua gola e ricordando come aveva inghiottito tutto il mio sperma.

Stavo davvero facendo del mio meglio per pensare col cervello e non con l'uccello, ma era praticamente impossibile. Sapere che non indossava niente sotto quella gonna uniforme mi faceva impazzire. Strinsi le mani e poi le rilassai per scaricare la crescente tensione.

Non volevo pensasse che la desideravo solo per il sesso. Certo, la desideravo tanto per quello, ma Jane era molto più che sesso. Lei era mia. Sapere che voleva restare in città durante il college non faceva che rendere la cosa più ufficiale.

C'erano così tante cose da imparare e sapere su di lei, così tanti strati da rimuovere, e io ero disposto a prendermi il tempo necessario per farlo.

"Cosa intendi?" rispose, pulendosi la bocca con un tovagliolo.

"La scuola è piccola. Sei una ragazza molto intelligente, Jane, non solo nella mia classe." Feci una breve pausa. "Se lo volessi, potresti andare nei migliori college di tutto il paese".

La osservai, notando il modo in cui i suoi occhi marroni si allargavano. Trattenne un forte sospiro, lo rilasciò e rimase in silenzio per qualche secondo. Sembrava nervosa; l'espressione sul suo viso era preoccupata, corrugava la fronte. Non avevo mai visto quel suo lato – quello di un'autentica preoccupazione.

Era la ragazza che sapeva come cavarsela e sembrava come se non avesse mai avuto problemi in vita sua. Avanzava sicura nei corridoi della scuola con quel sorriso luminoso e l'ondeggiamento sensuale dei suoi fianchi. Vederla ora – sotto quella luce diversa – non faceva che aumentare il mio interesse.

"Non sono sicura di riuscire a farcela..."

Spostai una mano sul suo ginocchio e glielo strinsi, spingendola a continuare. Mi guardò un secondo prima di inclinare la testa.

"Non ho mai lasciato casa. Non so vivere da sola, non so fare nulla in casa, nemmeno le cose basilari."

Si fermò per un secondo, in preda all'evidente esitazione. Lasciò cadere il labbro inferiore e abbassò gli occhi. Sembrava vergognarsi.

Increspai immediatamente le sopracciglia. La Jane vergognosa era un lato che non avrei mai voluto vedere. Non le stava bene. Aveva così tanto potenziale per quel tipo di sentimento.

"Non ho mai avuto un lavoro. Non mi faccio nemmeno le lavatrici. Non so cucinare. Mi hanno sempre fatto trovare tutto pronto, che lo volessi o meno. Certo, i miei genitori pagherebbero comunque tutte le spese, ma non sono mai stati a casa." Sollevò le mani in aria e poi le lasciò cadere. "Non lo so. Semplicemente non voglio lasciare la mia città. Mi accontento di restare qui per il college."

"Va bene," dissi. Era mia e non l'avrei spinta ad andare a scuola a due fusi orari di distanza. Non l'avrei trattenuta se quello era il suo sogno, ma non lo era. I suoi dannati genitori non le avevano dato fiducia in sé stessa per spiccare il volo. Se era contenta di andare al college, avventurarsi lontano non era eccitante per lei. Ma perché mai, dato che non aveva una vita familiare sicura e amorevole?

"Bene?" Ripeté lei, mordendosi il labbro.

"Perché la tua fica appartiene a me, ricordi?"

Lei annuì e guardò in basso. Le sue guance arrossirono graziosamente.

"Lo vuoi ancora? Vuoi ancora che ti possegga?"

Alzò lo sguardo velocemente. "Sì, signore." La sua voce era irremovibile.

"Brava ragazza."

La osservavo mentre si pavoneggiava per quella mia lode.

"Sembra che ci siano molte lezioni da impartirti, non è vero?"

Le sue guance si fecero più scure quando si rese conto che stavo parlando di sesso. Sì, le avrei insegnato esattamente quello che mi piaceva e le avrei mostrato come lo avrebbe amato anche lei.

"Sì, signore," disse di nuovo.

Portandole i capelli dietro l'orecchio, dissi: "Includeranno delle punizioni, Jane. Sei pronta ad essere gettata sulle mie ginocchia e sculacciata per imparare la lezione? A farti riempire il culo con un dildo in modo da ricordare chi è che comanda'"

I suoi occhi si spalancarono. Sì, le avrei messo un grande dildo nel culo per ricordarle a chi appartenesse, se necessario. Oppure anche se avessi semplicemente voluto. Più sapeva come sarebbero andate le cose, meglio era.

"Mi punirai se cucinerò e brucerò la cena?" chiese, chiaramente preoccupata.

"Ti punirò, in quel caso, se fossi smemorata perché impegnata a giocare al telefono."

Lei annuì.

"Ti punirò se scoprirò che mandi sms mentre guidi. O se non hai il telefono con te quando esci. O se flirti con qualche ragazzo del college. "

Allora sorrise. "Ragazzi del college? Io non voglio un ragazzo. Io voglio... te."

"Vuoi un uomo che sappia quello che fa, vero?"

Annuì, mi guardò con quegli occhi innocenti. "Mi piace quando prendi il controllo," ammise, poi abbassò lo sguardo sul mio cazzo.

Era ancora timida riguardo alla sua sessualità, ma stava migliorando nel possederla. Stava iniziando a stabilire un contatto visivo più spesso, ed era sempre una studentessa desiderosa quando si trattava di ascoltare, assicurandosi che sentisse e seguisse tutto ciò che dicevo.

"Oh, davvero?" Rispose soltanto con un cenno, ma fu

più che sufficiente. "Ti piace quando ti dico cosa fare? Quando ti dico come succhiarmi l'uccello?"

"Sì," sussurrò lei, e la guardai mentre chiudeva gli occhi per un secondo.

"Quando ti punisco se fai la monella?"

"Sì."

"Quando ti premio se fai la brava?" Le misi una mano sulla coscia nuda e la feci scivolare verso l'alto, sotto l'orlo della sua uniforme.

"Hm-" La osservai fare un respiro profondo prima che rispondesse, "Sì, lo adoro."

"Ti sei toccata la scorsa notte, quando eri da sola nel tuo letto? Hai allargato quelle cosce e hai messo le dita in quel buco vergine? Ti sei fatta venire?"

Lei scosse la testa con veemenza.

"Beh, allora sei stata davvero una brava ragazza, hai seguito tutte le mie indicazioni," iniziai a dire. Le misi un dito sotto il mento e le sollevai la testa fino a quando i nostri occhi si incontrarono. "E sai cosa ottengono le brave ragazze?"

Le sue guance diventarono rapidamente rosse. "Spero... spero di ottenere l'orgasmo."

"Lo scoprirai," dissi con un sorriso malizioso, mentre lentamente la spingevo indietro sul divano, cosicché la sua schiena si poggiasse comodamente contro il cuscino.

Quando avrei finito, sarebbe diventata un disastro bagnato sulla mia mano... o nella mia bocca. Non riuscivo più ad aspettare - vedendo la sua espressione di euforia per la prima volta che l'avrei divorata.

Mi inginocchiai sul tappeto di fronte a lei. Non esitai a tirare il suo culo più vicino al bordo del divano prima di allargarle ginocchia. Inspirai profondamente quando vidi le labbra della sua figa bagnate e luccicanti provocarmi. Inspirando, assorbii il suo dolce profumo.

"Sei gocciolante," ringhiai, il suo liquido le copriva persino le cosce.

Gemette e sollevò i suoi fianchi quando feci scivolare le mie dita nel suo desiderio. Volevo prenderla lentamente, quasi scrupolosamente. Volevo che mi pregasse disperatamente. Per quello che le avrei dato. Nessun altro l'avrebbe trattata così.

Volevo che gemesse e urlasse forte, proprio come voleva. Non me ne poteva fregare di meno se i suoi versi avrebbero svegliato i vicini. Lei aveva diciott'anni. Tutto quello che stavamo facendo era legale, ma in questo caso, legale non significava sicuro e noioso. Ridacchiai quasi rumorosamente a quel pensiero. Avevo in mente molte cose, e nessuna era sicura o noiosa. C'erano tante cose in serbo per lei.

Portando l'umidità alla mia bocca, mi guardò mentre mi leccavo e pulivo le dita. Il suo sapore era dolce e piccante, ne volevo ancora, tanto che mi venne l'acquolina in bocca.

Intravidi il suo buco vergine con le labbra aperte, avrei voluto strapparmi i pantaloni e affondarglielo dentro. Ma non era ancora il momento. Anche se avessi potuto possederla in quel preciso istante, non l'avrei fatto. C'erano così tante altre "prime cose" che dovevo esigere da lei prima di sverginarla.

"Ti piace?" chiesi con un sorriso, mentre il polpastrello del mio pollice sfregava con movimenti circolari sul suo clitoride. Sentivo un'ondata di sicurezza attraversarmi quando ogni tocco morbido che le posavo addosso le faceva muovere i fianchi. Non riuscivo ad aspettare il finale, e il mio uccello mi diceva di continuare.

Jane allargò ancora le gambe. La sua figa era ricoperta solo da una sottile striscetta di peli chiari. La teneva in ordine, rasata e curata, e io non potevo fare a meno di pensare che ogni secondo passato con lei era pieno di sorprese.

Per come fosse vergine, sicuramente sapeva cosa fare e come agire. La mia mente volò istantaneamente al giorno prima. Non aveva mai visto un uccello vero, ma sicuramente sapeva come succhiare il mio. Ma gli sguardi timidi e la voce dolce, a malapena udibile, la smascheravano – era vergine.

"Sig. Parker– "gemette ad occhi chiusi.

"Esatto, mi chiamerai Signor Parker quando indosserai l'uniforme, quando sarai mia studentessa," le dissi. "Voglio sentirtelo dire quando mi implorerai per le cose più sporche e più cattive che ti farò."

Un gemito, poi altri due, le uscirono dalle labbra, mentre la testa le cadeva sul cuscino e inarcava la schiena.

"Sbottona la camicetta e mostrami il tuo seno."

Le sue mani si avvicinarono ai minuscoli bottoni e li aprirono, spostando i lati in modo che le sue vivaci curve fossero scoperte.

Schioccai la lingua in segno di disapprovazione. "Sei senza reggiseno, Jane. Qualcun altro ha visto i tuoi capezzoli duri attraverso questa sottile camicetta? Qualcun altro ha visto queste tette prorompenti ondeggiare e andare su e giù mentre camminavi?"

"No, signore," disse mentre ne prendevo una a coppa e sfioravo la piccola punta col pollice. Ci entrava perfettamente, non troppo grande, forse era una coppa B... se indossava il reggiseno. Erano sode e pimpanti, proprio come dovrebbe avercele una signorina.

Sussultò ad un mio leggero pizzicotto.

Perfetta. La mia piccola studentessa sembrava provare un po' di dolore misto a piacere.

Mentre giocavo con il suo seno, abbassai la testa e posai la mia bocca su di lei. Finalmente.

Era liscia, dolce, avrei potuto mangiare la sua figa per ore. Ma l'avevo tenuta sulle spine dal giorno prima. Era stata sculacciata, avevo giocato con il suo clitoride prima che mi succhiasse il cazzo. Poi l'avevo lasciata più arrapata che mai. Ora, era così carica che un solo colpo di lingua sul suo clitoride la fece venire. Si contorse e urlò mentre il suo liquido mi copriva le labbra.

Il suono del suo orgasmo mi fece quasi venire. Le sue cosce si erano serrate intorno alla mia testa e tremavano mentre lei veniva. Il suo respiro era irregolare e sapevo che non si sentiva così quando si toccava da sola.

No, mi venne su tutta la faccia.

"Per favore", supplicò lei.

"Di cosa hai bisogno, signorina?"

Era stravaccata sul mio divano, con la gonna della divisa attillata intorno alla vita, le gambe divaricate e la figa in mostra, tutta rosea e gonfia, gocciolante sul cuscino del divano in pelle. Le sue tette appuntite erano visibili con la camicetta scostata, la pelle pallida luccicava di sudore. Era la fantasia della studentessa che avevo sempre immaginato.

"Di più", sussurrò.

"Di più cosa?" chiesi. "Dillo a parole tue, dillo al tuo insegnante."

"Il suo cazzo. Per favore. Mi sento... mi sento vuota."

Aspettavo da tempo di sentire quelle parole dalle sue labbra. Con un tocco gentile, feci roteare il dito sulla sua entrata. "La tua figa è off limits. Niente cazzo in quel buco."

Piagnucolò in segno di delusione.

"So che è difficile, ma sono gli ordini del dottore. Ho già posseduto la tua bocca." Spostando il dito più in basso, feci movimenti circolari sul bocciolo di rosa increspato del suo sedere.

"Se vuoi il mio cazzo, allora mi occuperò prima di questo buco. Ti ha mai toccato qualcuno qui?"

Si irrigidì, ma la sua testa si mosse da un lato all'altro mentre muovevo il dito in tondo e premevo contro il buco stretto. "No."

"Allora sarà questa la lezione di stasera. Far entrare il mio cazzo nel tuo culo."

"M-ma-"

"Indossa la tua uniforme, signorina. Sarai una brava studentessa, non è vero, Jane?"

Aprì gli occhi e vidi che erano annebbiati di passione, ma pieni di una diffidenza unita soltanto a dell'innocenza. Abbassò gli occhi e si guardò, si chiuse la camicetta, anche se non la fece affatto sembrare meno erotica. Guardarla e profanarla nel suo vestito da scolaretta, oltre che eccitarmi in modo assurdo, simboleggiava anche il suo ruolo. Era la mia studentessa. Era mia.

"Sì, signore."

"Esatto." Usando il suo liquido per facilitare l'entrata, premetti la punta del dito nel suo ingresso posteriore. Piagnucolò a quella leggera invasione prima che mi ritirassi, poi mi rimisi in piedi e la sollevai tra le mie braccia.

"Brava ragazza. Anche questo bel buchetto vergine è mio, e me lo prenderò proprio adesso."

CAPITOLO SESTO

Jane

Strofinai la testa contro il collo di Mr. Parker, ed era una sensazione così, *così* bella. La sua carne era calda contro la mia, le sue braccia strette intorno a me. Mi sentivo riscaldata e protetta, e tutto grazie a lui. Si diresse verso le scale, continuando a portarmi in braccio come una sposa, e, quando raggiungemmo l'ultimo piano, si voltò a sinistra e si incamminò verso la fine del breve corridoio.

Diede un calcio alla porta chiusa dietro di noi e il battito del mio cuore accelerò quando vidi il letto matrimoniale nel bel mezzo della stanza. Sarebbe davvero successo – avremmo fatto sesso anale.

Avevo visto quel tipo di porno, ma non riuscivo a capire perché le persone lo facessero davvero. La mia fica non era più che sufficiente per lui?

Perché un tipo eccitato avrebbe dovuto trovare un secondo buco?

Comunque il Signor Parker lo voleva, mi ci aveva persino infilato la punta del dito. Non mi aveva fatto male, ma la cosa era stata imbarazzante e... strana. E, ad essere sinceri, anche bella. Ma che dire del suo cazzo? Era stato nella mia bocca, quindi sapevo quanto fosse grande, ma lì in quel buchetto?

La determinazione del Signor Parker nel volerlo fare suscitava in me un po' d'interesse. Era lui quello esperto. Sapeva che mi sarebbe piaciuto; altrimenti non lo avrebbe fatto.

Avevo già provato a infilarmi un dito nel sedere una volta, dopo aver visto un porno, e quella sensazione non mi era piaciuta. Sarebbe stato diverso questa volta, ora che lo avrei fatto con qualcuno molto più esperto? Forse io non ero stata brava. *Sperai* di aver sbagliato.

Il Signor Parker mi gettò sul letto e io rimbalzai e poi squittii prima di spostare il mio corpo più in alto verso la testiera.

"Voglio quella gonna sulla tua vita, signorina. Mostra al tuo insegnante la tua bella figa e il tuo bel culo."

Appoggiò le mani sul bordo del letto e mi osservò mentre arrotolavo la gonna, nel frattempo i miei seni rimbalzavano. Poi si avvicinò lentamente finché non si mise su di me. La sua mano iniziò ad accarezzarmi delicatamente la pelle, su e giù, su e giù per le mie cosce, poi a zigzagare verso l'interno.

"Sei così fottutamente bagnata, Jane," mi sussurrò all'orecchio, mentre io tenevo gli occhi chiusi. "Amo tutto di te. I tuoi seni rotondi e morbidi, la tua figa che è sempre bagnata per me, e quel buco del culo stretto che presto sarà tutto mio."

Raggiunto il suo comodino, aprì un cassetto, tirò fuori un piccolo flacone di lubrificante e gettò un piccolo *oggetto* ovoidale sul letto.

Aprendo il flacone di lubrificante, se ne fece gocciolare un po' sulle dita, strofinandosele per coprirle generosamente.

Mi morsi il labbro mentre guardavo.

Con l'altra mano, prese l'oggetto e premette un pulsante. Riuscii a sentire delle vibrazioni e quando lo posizionò direttamente sopra il mio clitoride, i miei fianchi cedettero.

"Uh-!" Gemetti scioccata quando le vibrazioni stimolarono il mio clitoride già sensibile, e dovetti chiudere con forza gli occhi mentre ondate di piacere mi sommergevano. Cominciai a scopare la sua mano, spingendo in avanti i miei fianchi mentre la mia figa batteva contro il suo palmo. Era tutto semplicemente troppo.

"Signor Parker, *la prego*, usi le dita," lo supplicai disperatamente, ma sapevo già quale risposta aspettarmi. "No," disse velocemente, dando un piccolo colpetto all'interno della mia coscia. "Qui comando io." Tirò via il vibratore. "Che ragazza indisciplinata. Sai bene che nulla entrerà in quella figa vergine se non il mio cazzo."

Ero pronta a venire di nuovo, la seconda volta nel giro di pochi minuti, e adoravo la cosa, finché non tolse il vibratore. Aveva detto che ci sarebbero state punizioni peggiori rispetto ad una sculacciata e aveva ragione. Mi stavo contorcendo per il bisogno e lui aveva il mio orgasmo in pugno.

"Alzati, mettiti a pecora. Sì, proprio così. Scendi sugli avambracci, inclina il culo. Sì."

Feci oscillare i miei fianchi.

"Ma che studentessa obbediente. Quando vorrò il tuo culo, ti metterai in questa posizione."

Non mi toccava, aspettava e basta. Mi voltai e lo guardai.

"Sì, signore," dissi alla fine.

Lo guardai prendere il lubrificante dietro di me e sentii il liquido freddo schizzare fuori dalla bottiglia, poi gocciolare sul buco che presto avrebbe battezzato. Il suo dito imbevuto era lì, girava vorticosamente e spingeva. Ben presto, scivolò dentro. Inarcai la schiena mentre spingeva il dito più in profondità, poi lo tolse. Avrei sentito la stessa cosa con un dito nella figa? Quei muscoli interni si serrarono con impazienza. Era solo il suo dito nel mio culo, ma sembrava davvero, *davvero* stretto.

Iniziò a fottermi con quell'unico dito e la sensazione era completamente diversa rispetto a quando avevo provato a farlo da me.

"Volevi le dita, signorina, non è vero? Che te ne pare della lezione di oggi?"

Chiusi gli occhi, lasciandomi andare alle sensazioni che i movimenti del Signor Parker mi regalavano. Non passò molto tempo prima che cominciasse a muoversi più velocemente, spingendo il dito dentro e fuori prima di aggiungerne un secondo, poi un terzo.

Ero così piena che strinsi le lenzuola, gemendo per quella distensione scivolosa. Stavo per venire, solo con le dita, dato che mi aveva stuzzicato con quel maledetto vibratore.

"Per favore", piagnucolai.

"Sei pronta per il mio cazzo?" chiese, appoggiando la sua mano ben aperta al centro della mia schiena. Sentivo il suo dominio, sapevo che mi possedeva proprio dove mi aveva sempre desiderata.

Annuii con la testa e i miei capezzoli sfiorarono la coperta.

Sussurrai un "sì".

I miei occhi rimasero chiusi mentre le sue dita continuavano a muoversi e ad aggredirmi. Ero in parte nervosa e in parte eccitata all'idea che il suo uccello mi stesse entrando da dietro. Scommetto che nessuna delle altre ragazze lo avrebbe preso nel culo. Dicevano tutte che il Signor Parker era l'insegnante più figo della scuola, ma io ero l'unica che se lo sarebbe fatto.

Soltanto la sensazione delle sue dita che si muovevano dentro e fuori era già più che sufficiente. Non avevo la più pallida idea di cosa avrei provato con il cazzo. Doveva sicuramente essere più grande delle sue dita. L'avrei scoperto presto. Le tirò fuori e io aprii gli occhi quando sentii il rumore dei jeans e della cintura che si aprivano. Udii lo schizzo di altro lubrificante uscire dalla bottiglia, e cominciai a tremare mentre aspettavo. "Calma, Jane," disse piano, la sua voce era profonda ma ancora forte. "Mi sto lubrificando l'uccello. Non voglio farti male. Faremo le cose con calma. Ti guiderò in ogni cosa e ti regalerò la migliore esperienza di sempre." Annuii con la testa e inarcai la schiena quando sentii che la sua punta stuzzicava il mio ingresso. In quel momento ebbi un colpo al cuore. Stavamo vivendo un momento eccitante e appassionato, ma il mio cuore si sentiva calmo, rilassato...

e desiderato. Sembrava che si prendesse cura di me, come se non volesse ferirmi, come se quello non fosse solo un gioco fra studentessa e insegnante. Sembrava che fosse veramente preoccupato per me e per l'esperienza che mi stava dando, e non potei fare a meno di dare libero sfogo ai miei sentimenti per lui. Non era solo l'insegnante esperto con cui volevo perdere la verginità; adesso volevo passare più tempo con lui, conoscerlo meglio, farlo diventare parte integrante della mia vita.

"Hm-!" squittii quando iniziò a spingere dentro il suo uccello. Mantenne una forte presa sul fianco, assicurandosi che non mi tirassi indietro quando avrebbe spinto di più. Afferrai le coperte per distrarmi dalla sensazione del suo cazzo grosso che cercava di farsi strada nel mio culo stretto. Non riuscirei a spiegare quella sensazione. Non faceva male quando iniziò ad allargarmi il buco, mi piaceva, eppure la situazione sembrava essere familiare e inusuale allo stesso tempo. Non potrei spiegarlo.

"Non pensare troppo, Jane," disse, mentre mi dava un bacio sulla spalla. "Si vede che sei stressata e nervosa. Rilassati e fai un respiro profondo. Espira e respingilo. Bene."

Feci come mi disse e sentii la sua grossa cappella sbattermi dentro. Lo sentii fare un appassionato sospiro per quello che era appena successo, ed era musica per le mie orecchie quando sussurrò, "Cazzo".

Non potei fare a meno di scuotere i fianchi e lui lo prese come un segno per farsi strada, e quando finalmente fu dentro, cominciò ad entrare e uscire. All'inizio lo fece lentamente, lasciando che mi abituassi alla sensazione. Mentre continuava a spingere e a fare dentro e fuori, si allungò, prese a coppa un seno e mi tirò più vicino a sé fino a che la mia schiena divenne rossa contro il suo petto. Cominciò a sbattermi da dietro, amavo la sensazione del suo corpo proprio dietro il mio. Mi sentivo al sicuro e protetta, come se nessuno potesse farmi del male, come se mi proteggesse da tutto al di fuori del nostro piccolo mondo. Anche se mi stava facendo ciò che di più sporco e cattivo potesse esserci.

"Ti piace, Jane?" chiese, e io annuii.

"Sì, signore."

"Ora andrò più veloce. Resisti."

Annuii ancora. Mantenne la sua promessa e cominciò ad aumentare il ritmo, spostando la mano dal mio seno al mio clitoride. Fu allora che finalmente aprii gli occhi e vidi le stelle.

"Oh, Signor Parker..." Non potei fare a meno di gemere, mordendomi il labbro inferiore per non urlare. "Adesso è così bello, *cazzo*..."

Mi diede uno schiaffo sul culo e poi un altro, prendendosi il mio culo sia con le mani che col cazzo. "Frequenti una scuola cattolica. Non dovresti dire parolacce."

Questa volta risposi con un gemito più forte. Continuò ad aggredirmi, e gli lasciai fare tutto volentieri. Volevo questo. Volevo di più. Lo volevo e, per farglielo capire, cominciai ad emettere gemiti sempre più forti, fin quando oltrepassai il limite e divennero delle urla.

"Sì, Signor Parker! È incredibile!"

"Hmm..." lo sentii mentre mi dava un altro schiaffo. "Chi l'avrebbe mai detto che a una ragazza puritana come te sarebbe piaciuto prenderlo nel culo?"

Non riuscii più trattenermi. Le sue dita premevano

contro il mio clitoride, e potevo solo chiudere gli occhi e gridare per l'euforia.

"Signor Parker," dissi gemendo. "Sto per venire. Sto per venire... Sto per..."

"Vieni per me, Jane," disse, il suo tono era sia premuroso che esigente. "Lasciati andare."

Ora spingeva ancora più velocemente, le sue dita si muovevano in cerchio contro il mio clitoride. Chiusi forte gli occhi e respirai pesantemente. Sentii i miei nervi rilassarsi un po', e fu allora che potei lasciarmi andare. Sentii quel vortice arrivare all'apice e spezzarsi, e, prima che me ne accorgessi, la mia fica fu inondata dal mio liquido e sapevo che le sue dita ne erano sicuramente ricoperte.

Spinse in profondità un'ultima volta e rimase immobile. Urlò durante la sua liberazione e sentii il getto del suo sperma caldo e denso scivolarmi in profondità.

Lentamente ma inesorabilmente, tirò fuori il suo cazzo dal mio culo, e sentii un vuoto in quel buco, in tutti i sensi.

Ma poi, sorrisi automaticamente quando mi tirò a sé e mi mise supino sul letto. Sentivo il suo sperma caldo fuoriuscire dal mio buco consumato. Non avevo più un culo vergine. Un leggero bruciore e il suo sperma ne erano la prova.

Posò un bacio sulle mie labbra. Il nostro primo bacio.

"Torno subito," disse, e io annuii in tutta risposta. Andò in bagno e tornò con un asciugamano caldo, che usò per pulirmi accuratamente tra le gambe. "Sei stata fantastica. La mia piccola studentessa vorrebbe passare la notte qui con me?"

"Sì", fu la mia risposta rapida. "Tanto a casa mia non c'è nessuno."

Era vero, non c'era nessuno a casa. Ma la verità era che non volevo allontanarmi da lui. Volevo dormirci insieme.

CAPITOLO SETTIMO

Gregory

"Ai miei genitori non frega niente."

Non ero un tizio facilmente impressionabile. Dormivo a sette cuscini dopo aver visto i film horror. Mi ero lanciato da un aeroplano solo per provare quel brivido e per divertirmi. Avrei mangiato insetti disgustosi, anche se non fosse stato per una scommessa. I miei amici mi prendevano in giro e cercavano di far cadere quel mio lato calmo e rilassato, sempre invano.

Jane, invece, ci era riuscita.

Sentire quelle parole uscirle di bocca mi tolse il fiato. Incontrai il suo sguardo e non lo lasciai mai, la guardai dritto negli occhi. Le sue labbra erano serrate, mentre i suoi occhi cercavano una reazione nei miei.

Cosa potevo dire?

Che quella domenica era stata uno dei giorni più belli della mia vita? Che poi non sarei riuscito a dormire perché avrei pensato a... ogni cosa? Non avevamo fatto niente di straordinario, né quel giorno né nei giorni precedenti. Jane era rimasta a dormire da me altre volte dopo la prima, la prima notte in cui mi ero preso il suo culo.

Avevamo fatto di tutto, dalle coccole al sesso orale, e, adesso, la prendevo sempre in giro sul fatto che regalarmi i pompini era il suo nuovo hobby. Facevo tutto, dall'inizio alla fine, di sua spontanea volontà.

Mi aveva svegliato due volte succhiandomelo e poi avevamo passato il resto della giornata a coccolarci. Mi aveva sganciato e tirato giù i jeans mentre cercavo di sbrigare qualche lavoretto in casa. Avevo smesso di indossare boxer per renderle la cosa più facile.

Aveva persino provato a farlo in un parco pubblico, ma le dissi che ci avremmo provato la sera, quando ci sarebbero state meno persone. Non avrei mai lasciato che qualcun altro vedesse Jane in ginocchio.

Mi ero fatto un promemoria mentale per andare fino in fondo con lei.

Dovevo ancora scopare la sua figa, prendermi finalmente la sua verginità. Aspettare quei sette giorni era difficile, ma le avevo mostrato tutti gli altri modi per darci piacere a vicenda.

Ma ora, non riuscivo a togliermi Jane dalla testa. Mi aveva fatto qualcosa, e non me ne lamentavo. Non mi sarei mai lamentato quando si trattava di lei. In quegli ultimi giorni, avevamo passato un sacco di tempo insieme, e stavo iniziando a rendermi conto che lei aveva tutto ciò che avevo sempre voluto in un partner e molto altro. Stavo cominciando a conoscerla, la donna sotto quel corpo formoso, e morivo dalla voglia di saperne di più.

Per la sua età, Jane era matura, sia fisicamente che emotivamente, eppure la sua energia giovanile era evidente, specialmente a letto. O sul tavolo della cucina. O contro il portone di casa.

Voleva sempre darmi piacere e rendermi felice, sia dentro che fuori dalla camera da letto, ma, allo stesso tempo, era schietta. Le donne con cui uscivo finivano sempre per dire "no" più che "sì". Non erano avventurose e preferivano rimanere in casa e fare sesso a meno che non le portassi nei ristoranti di lusso ed esclusivi. Jane, invece, era pronta a tutto. Sapeva essere noiosa e divertente allo stesso tempo, e, anche solo per questo, era già un gradino sopra le altre.

"Ci tengo tanto a te," dissi quando passarono alcuni minuti di silenzio. "Sei unica nel tuo genere, Jane, ed è un peccato che i tuoi genitori non lo vedano."

"Io-"

Mi pietrificai sulla poltrona quando la sua voce si spezzò per una frazione di secondo. Eravamo nel mio salotto, dopo aver passato l'intera giornata ad esplorare la città. Eravamo andati al museo e alla biblioteca locali e, a pranzo, l'avevo portata in un nuovo bar di un mio amico, e lei aveva

potuto conoscerlo. Dato che era mia, volevo farla conoscere un po' agli altri. Non molti diciottenni erano capaci di iniziare e portare avanti una conversazione con persone più grandi di oltre un decennio, eppure Jane riusciva a farlo senza troppi sforzi. Era giovane, sì, ma era squisita.

Non me ne fregava un cazzo di quello che pensava la gente. Sarebbe stata al mio fianco durante gli eventi e le riunioni con gli amici. Si sarebbe adattata facilmente.

Maledizione, imprecai fra me e me.

Non si trattava solo di essere fisicamente attratto da lei e insegnarle tutto ciò che aveva bisogno di sapere sul sesso. Io la desideravo prima, durante e anche dopo il sesso. Volevo rimanesse di più, volevo portarla fuori. La volevo nella mia vita. Lo sapevo fin dall'inizio. Non l'avrei abbandonata.

"Che succede?" le chiesi, avvolgendole un braccio intorno alle spalle e tirandola vicino a me. "Sembri preoccupata."

"Ho paura che mi mollerai dopo aver fatto sesso vero con me."

Scoppiai quasi a ridere, ma mi trattenni. Sapevo che Jane avrebbe interpretato quella reazione nel modo sbagliato. Per me era divertente vedere che, se da un lato sapevo che non sarebbe mai andata da nessuna parte, dall'altro lei aveva paura che la lasciassi.

Se solo avesse saputo...

Fu allora che le misi un dito sotto il mento e lo inclinai in modo che potessi fissarla.

"Sei mia, Jane," cominciai a dire. "Quante volte devo dirtelo?"

Lei scrollò leggermente le spalle. "Forse ancora un paio di volte."

Sorrisi. "Forse sei più il tipo di studentessa che deve fare per imparare."

Con una leggera spinta, la feci distendere di schiena. Con un ginocchio sul divano e un piede sul pavimento, mi misi sopra di lei, tirandola a me in modo che fosse distesa davanti a me. Mi piaceva il fatto che indossasse gonne provocanti, specialmente in momenti come quello. Dovetti appena tirare su l'orlo corto e la sua figa era lì, nuda per me.

"Sì, Signor Parker. Forse deve mostrarmelo."

Si spostò per togliersi la maglietta, i seni nudi ondeggiavano mentre si sistemava di nuovo sulla sua schiena.

Mentre abbassavo la testa verso un capezzolo turgido, mormorai: "Sei davvero un'allieva entusiasta".

―――

Jane

"Sono tornati." Fu la prima cosa che dissi quando lui aprì la porta. Era in tuta e maglietta, e quella vista mi fece immediatamente bagnare, anche se mi sentivo giù. "Non voglio dormire qui stanotte."

Il Signor Parker capì immediatamente di cosa stessi parlando. Dei miei genitori - erano appena tornati dall'Europa. Erano tornati con una montagna di souvenir, dagli abiti firmati ai cioccolatini svizzeri fino ai migliori vini francesi e spagnoli. Erano tutti per me, compreso l'alcol, ma dopo aver detto i loro "ciao" ed essersi scusati per la loro assenza nel giorno del diploma, tolsero il disturbo e andarono nel loro ufficio di casa. Mia madre doveva leggere delle e-mail e papà aveva una cena di lavoro con alcuni soci aziendali. In un secondo la villa tornò ad essere vuota, e mi sentii sola. Dopo aver passato ogni giorno della settimana prima col Signor Parker, la differenza tra la sensazione di essere sola e avere qualcuno con cui passare la giornata era chiara come quella fra il giorno e la notte.

Il Signor Parker e io ci eravamo dati, per quella sera, appuntamento alle otto, ma andai a casa sua un paio d'ore prima. Perché aspettare quando non avevo niente da fare nella mia casa vuota? Inoltre, era passata esattamente una settimana. Sapevamo entrambi cosa sarebbe accaduto quella sera, e pensavo che mi avrebbe voluto a casa sua in anticipo piuttosto che in ritardo. Era arrivato il momento, per lui, di prendersi la mia verginità. Aveva mantenuto la sua parola, niente era stato introdotto nella mia figa vogliosa. Sì, mi aveva quasi mangiato e mi aveva scopato in culo, ma aveva mantenuto la mia figa rigorosamente vergine, pronta per essere spalancata, per la prima volta, dal suo cazzo nudo. Andando a casa sua, in macchina, la mia immaginazione si era scatenata.

Stavo già pensando alle cose sporche che gli avrei detto, a come mi sarei tolta il vestito che indossavo, stretto come un guanto. Analizzavo nella mia testa tutte le possibilità per quella serata. Mi sarei tolta i tacchi o li avrei tenuti? Forse gliel'avrei potuto chiedere con aria provocante. I miei pensieri correvano all'impazzata, e fu un miracolo riuscire ad arrivare a casa sua tutta d'un pezzo.

"Non ho preparato la cena," mi disse, ma quella, sinceramente, era l'ultima cosa a cui avrei pensato. Volevo mangiare qualcos'altro. Da quando gli avevo fatto un pompino, da quella prima volta, avevo trovato la bellezza nel succhiare il cazzo. Il suo cazzo. Quando era nella mia bocca, lo possedevo. Mi sentivo potente, bella, e più importante, irresistibile.

Era molto divertente farlo, e la forma della sua cappella e la lunghezza della sua asta erano sicuramente un belvedere che avrei potuto fissare giorno e notte. Mi prendeva sempre in giro, dicendomi che succhiarlo era diventato il mio nuovo hobby. Io ci ridevo su ogni volta, ma, sotto sotto, sapevo che non c'era cosa più vera. "Entra, Jane. Scusa," si scusò rapidamente. "Sono stato a studiare per l'esame d'avvocato tutto il giorno. Ho il cervello in pappa."

Entrai in casa e lo seguii nel soggiorno. Si sedette per primo e accarezzò lo spazio vuoto accanto a lui, ma *cazzo*. La sua tuta e quella t-shirt ancora più sottile non facevano che eccitarmi ancora di più. Se avessimo iniziato un film, non avevo dubbi che non sarei durata molto. I miei occhi volarono verso il suo cazzo, verso il punto in cui la lunghezza era delineata dai pantaloni, e inspirai profondamente. Volevo fare sesso proprio in quel momento. Avevo aspettato un'intera settimana e sentivo di non poter aspettare ancora. Tuttavia, non avevo intenzione di dirglielo. Non avevo intenzione di buttarmi ai suoi piedi.

Perché amavo quando il Signor Parker prendeva le redini della situazione, e stasera volevo che facesse lo stesso nel prendersi la mia verginità.

Avevo solo bisogno di punzecchiarlo, quindi non mi sedetti al suo fianco. Piuttosto, rimasi in piedi davanti a lui.

Con un bel sorriso in viso, cominciai a liberarmi del mio vestito attillato. Feci oscillare il culo a destra e a sinistra per far sì che il tessuto elastico mi salisse sui fianchi. Tenni l'orlo con le dita e lo tirai sopra il mio corpo, e, quando il mio vestito mi coprì la faccia, il mio sorriso si trasformò in una risatina quando lo sentii sospirare. Non indossavo biancheria intima, proprio come piaceva a lui, e in un secondo fui completamente nuda davanti a lui. E in aggiunta, poi, il giorno prima ero andata dall'estetista per farmi una ceretta totale. La mia fica era nuda e libera da qualsiasi pelo, e la strinsi quando sentii un'ondata di calore bruciarmi dentro.

"Cazzo..." sospirò il Signor Parker mentre mi fissava. Gettai il vestito sul pavimento e mi avvicinai a lui finché le mie gambe non toccarono le sue ginocchia. "Jane..." gemette di nuovo, passandosi una mano tra i capelli. Riuscivo a vedere la fame bruciare nei suoi occhi.

"È passata una settimana", fu tutto ciò che dissi. Non avevo nemmeno bisogno di dirlo per fargli capire cosa avessi in mente.

"Non qui", disse, e, in un secondo, fu in piedi e mi sollevò subito tra le sue braccia. Si precipitò su per le scale e aprì a calci la porta della sua camera da letto. Poi, mi lasciò cadere sul suo letto. "È la tua prima volta. Faremo le cose per bene."

"Va bene finché sono con te", dissi coraggiosamente, facendogli capire cosa provavo.

"Che brava verginella."

Vidi i suoi occhi ammorbidirsi un po' prima che li abbassasse per esplorare il mio corpo. Sentii un brivido corrermi lungo la spina dorsale quando cominciò a far scorrere un dito sulla mia pelle, dalla curva del mio collo e giù sulla valle tra i miei seni, poi ancora più in basso, sopra le labbra della fica da poco nuda.

Inspirai bruscamente quando il suo dito si fermò proprio al mio ingresso. I miei occhi si spalancarono quando piantò un solo bacio sulla mia fica. Poi, tornò per baciarmi sulle labbra. Assaggiai il mio stesso gusto da lui. Quel momento fu così emozionante e intenso. Non si stava affrettando per possedermi.

Non si spogliò e nemmeno mi infilò il suo cazzo subito, come in realtà volevo. Dall'espressione sul suo viso, ero sicura che non volesse andare di fretta quella sera. Voleva possedermi, sì, ma voleva anche che quella sera fosse speciale. Sarebbe stata la mia prima volta. Sarebbe stata la *nostra* prima volta. Non c'era né una seconda chance né un rimborso per le prime volte. Intuivo cosa gli passava per la testa dal modo in cui agiva e si muoveva sopra di me, premuroso e amorevole.

E non potei fare a meno di dire "Ti amo".

Il mio cuore si bloccò all'istante quando quelle tre parole mi uscirono di bocca. Il silenzio avvolse la stanza, stavo pensando di rimangiarmi quello che avevo detto. Rimase in un silenzio di tomba, sentivo che il mio cuore si sarebbe spezzato quando uno di noi due si sarebbe mosso. Girai la testa di lato per guardare altrove, ma proprio quando stavo per farlo, portò la testa in basso, verso la mia figa, e cominciò a piantare dei baci delicati sul mio ingresso.

Me la leccò e me la bagnò, le sue labbra mi sfioravano le pieghe e la sua lingua cercava di spingere sempre più in profondità. Succhiò una volta e poi due, tutto mentre una sua mano continuava a strofinare su e giù per la mia coscia, mentre l'altra mi cullava in vita. Non c'era nulla di brusco o di impaziente nel modo in cui si muoveva, era rilassante, tranquillo, ed era proprio quello di cui avevo bisogno. Continuò a baciarmi e a succhiarmi la figa, e io assaporavo il momento ad occhi chiusi, con la mente vuota e libera da ogni pensiero. Ero *presa* da quel momento, ed era l'unico posto in cui volevo essere.

Inarcai e sollevai la schiena dal letto quando la sua lingua iniziò a giocare con il mio clitoride, ed emisi una serie di gemiti quando sentii un fuoco crescermi dentro. Il vortice si stava riattivando, e lui sapeva cosa stava per accadere, perché i miei gemiti si trasformarono in urla, e quelle urla, a loro volta, col passare dei minuti diventavano più forti.

"Gregory..." Sospirai quando mi sentii sul punto di oltrepassare il limite. "Per favore..."

In un attimo si staccò di me. I miei occhi si spalancarono, ero perplessa, ma lui mi sorrise e cominciò a togliersi i pantaloni della tuta.

"Un'altra lezione, ragazzina impertinente. Com'è che devi chiamarmi?"

Scossi i fianchi. "Signor Parker, per favore."

Si tolse la maglietta da sopra la testa e la gettò dall'altra parte della stanza. Riposando tra le mie cosce aperte, la sua erezione decisa stuzzicò il mio ingresso, e potei vedere qualche goccia del liquido pre-seminale uscirgli dalla punta.

"Per favore cosa?"

"Per favore, scopi la mia figa vergine."

Ebbi la faccia tosta di dirgli ciò che volevo.

"Come?"

"Con le sue dita. Col suo grosso cazzo duro."

Si rimise in piedi e iniziò ad accarezzarsi. "Con questo?"

Mi morsi il labbro e annuii. Quando inarcò un sopracciglio, dissi: "Sì, signore."

"Ti riempirà fino in fondo, ti allargherà, ti penetrerà in profondità, sai?"

Le mie pareti interne pulsarono a quelle sue parole arrapanti.

"Non sarai più vergine. Rimarrai comunque la mia brava bambina, vero?"

Annuii, allungai una mano e mi passai le dita sul clitoride.

Schioccò la lingua in segno di disapprovazione e mi afferrò il polso, tenendolo stretto sopra la mia testa senza lasciarlo andare.

"Ma che ragazza vogliosa e birichina. Devo sculacciarti prima di scoparti per bene? Prima di riempirti col mio seme e di marchiare il tuo territorio come mio?"

Inarcai la schiena. "No, Signore."

Mi lasciò il polso e si sedette di nuovo. "Avvolgi le mani dietro le ginocchia e tirale indietro. Bene. Allargale di più. Sì, così. Ora riesco a vedere la tua figa vergine e il tuo culo già battezzato. È tutta roba mia, non è vero?"

"Sì, signore."

Mettendo una mano vicino alla mia testa, si sistemò su di me. Sentii un dito al mio ingresso, girava in tondo, senza entrare.

"Per favore", supplicai, stringendomi le gambe.

"Finiremo insieme, va bene?" disse coi suoi occhi fissi sui miei prima che si spostassero per vedere come ci eravamo quasi uniti. La sua cappella era circondata dalle labbra della mia figa, e stavo morendo dalla voglia di mettergli le mani sul culo e spingerlo fino in fondo, ma mi trattenni dal farlo.

Mi avrebbe reso una ragazza insolente, e il Signor Parker mi avrebbe punito. Anche se mi piaceva quando mi dava quell'attenzione in più che tanto desideravo, seppur cattiva, tuttavia non era quello che volevo quella notte.

Sarebbe stato duro e veloce, ma volevo che fosse lento e intimo. Lo amavo. Non volevo del semplice sesso quella sera. Volevo fare l'amore.

"Comincerò lentamente, Jane", poi disse, iniziando a spingere dentro. Le sue parole si erano calmate, il suo tono era rilassante più che di rimprovero. "Ti farà un po' male, quindi farò con calma."

Annuii con la testa e chiusi gli occhi, intanto lo sentivo muoversi più in fondo. Sentii la sua ampia cappella allargarmi, proprio come mi aveva promesso.

"Va bene, tesoro. Ci siamo Jane. Puoi prendere... tutta la mia lunghezza."

"Sì," riuscii a gemere, con gli occhi ancora chiusi mentre cercavo di abituarmi alla sua grandezza. La mia fica era bagnata e potevo sentire il suo uccello scivolarmi dolcemente dentro. Allo stesso tempo mi sentivo stretta, come se le mie pareti interne fossero state allargate al massimo. Lui mi guardò e io fissai i suoi occhi. Tutto in una volta, spinse in profondità, si prese la mia verginità con il suo grosso cazzo, proprio come aveva promesso.

Mi lamentai per quel picco di dolore, per il modo in cui mi stava riempiendo.

"Non posso andare più in profondità, Jane," disse. "Sei fottutamente fantastica."

Rimase immobile, solo per un po', permettendomi di adattarmi a lui, proprio come aveva fatto quando mi aveva scopato in culo per la prima volta.

E poi, iniziò a muoversi, lento e costante. Io rimasi immobile, mentre lui entrava e usciva. Volevo spingere coi miei fianchi. Il suo cazzo scivolò senza sforzo nella mia figa bagnata, ma era *davvero* stretta; mi sentivo un po' stirata. Non potrei spiegare il dolore. Faceva un po' male, sì, ma era un tipo di dolore che gradivo. Era il tipo di dolore che non volevo andasse via, e palesai quei miei sentimenti rilasciando la presa sulle mie gambe, per poi stringergli e strizzargli il culo mentre continuava a spingere.

"Ci siamo, piccola," disse, cominciando a riprendere il ritmo, e mi ritrovai automaticamente a sorridere alla sensazione del suo uccello che entrava e usciva. Non potevo credere che mi ero persa qualcosa di così bello fino a quel momento. *Cazzo*. All'improvviso mi sentii affamata e disperatamente bisognosa di lui, e non potei fare a meno di iniziare a dondolare i fianchi e accompagnare quel ritmo.

"Cazzo... sei davvero una brava studentessa," disse, muovendosi più velocemente. "Ti do un bel dieci e lode. Ci siamo..."

Mi strizzò il seno. Io gemetti. Cominciò a strofinarmi il clitoride, io contrassi i miei muscoli vaginali, ringraziando il cielo per gli esercizi di Kegel. Quando li misi in pratica gemette rumorosamente, quasi come una bestia.

"Oh cazzo..." ruggì, mentre io rimanevo contratta.

"Sì... sì..." gemetti, mentre continuava a muoversi dentro. "Sì... sì..." Il vortice stava raggiungendo l'apice, e, quando ricominciai ad urlare, capii che stava per succedere.

Quando aprii gli occhi, lo vidi fissarmi. I suoi occhi mi dicevano ciò che da una vita sognavo di sentirmi dire da lui. *Mi amava*. Riuscivo a sentirlo. Non doveva dirmelo apertamente. Tutto quello che aveva fatto, lo aveva fatto per me. Aveva preso il comando della situazione perché sapeva che avevo bisogno di una guida. Aveva passato più tempo possibile con me, la settimana precedente, perché sapeva che ero veramente sola, nonostante tutti gli oggetti e gli amici che avevo. Ci era andato piano col sesso quella sera perché non voleva farmi male. Non avevo bisogno di sentire quelle tre parole da lui. Riuscivo a sentirlo.

"Oh, Dio...!" Gemetti rumorosamente quando mi sentii tremare e contorcermi sotto di lui. Il mio liquido si unì al suo dentro la mia figa, e potei sentire il lenzuolo diventare umido sotto di me. Continuò a spingere dentro e fuori, ora più lentamente, e quei liquidi gocciolavano sul letto ogni volta che usciva. Emisi una serie di sospiri affannati quando finalmente si fermò, ero in un lago sotto di lui.

"Sei incredibile," disse allontanandosi da me e sdraiandosi al mio fianco. Poi, allungò un braccio attorno alla mia vita, mi fece arrossire e mi tirò vicino al suo petto. "Ti amo anch'io piccola. Ti amo anch'io."

Le sue parole mi inebriarono come un bagno caldo e profumatissimo, mentre cercavo di trattenere le lacrime. I miei genitori erano le uniche persone ad aver mai pronunciato quelle parole, ma, anche allora, erano stati frettolosi e distaccati. Era quasi un intercalare, quasi un ciao o un arrivederci quando si risponde al telefono.

Ma questo era diverso. Era vero.

Appoggiai la testa sul suo petto mentre la sua mano mi accarezzava su e giù in vita. Mi sentii improvvisamente assonnata e stanca. Non avevo dubbi, sarebbe stata la migliore dormita della mia vita. Ero contenta, sazia e ben scopata.

EPILOGO

Jane, un anno dopo...

NON VEDEVO l'ora di tornare a casa - da lui.

Quelle ultime settimane erano state super stressanti. A dir poco stressanti. Avevo studiato intere notti per rispettare le scadenze del progetto e trovare il tempo per studiare per gli esami. Stavo diventando pazza... e brutta a causa dello stress. Non mi importava di truccarmi negli ultimi giorni. Tutti all'università erano degli zombie viventi, e nessuno si prendeva del tempo per sembrare un minimo presentabile.

E io che credevo che il carico di lavoro alle superiori fosse eccessivo.

Quel giorno, però, feci un'eccezione; indossai un provocante abito floreale e un paio di zeppe con le cinghie. Mi ero anche sforzata di truccarmi e arricciarmi i capelli, e avevo fatto un ritocco solo pochi minuti prima, dopo l'esame. Senza più esami e progetti a cui pensare, avrei potuto finalmente scaricare lo stress, e farlo nel miglior modo possibile - col sesso.

Mi precipitai a casa di Gregory- ma anche nostra - e assicurandomi di non superare il limite di velocità. Lo chiamavo Signor Parker solo in camera da letto, mentre di solito lo chiamavo Gregory, oltre che "piccolo" o "tesoro". Mi ero trasferita da lui qualche mese prima e non riuscivo a credere che stessimo insieme da quasi un anno. Nessuno dei nostri amici o parenti credevano saremmo durati più di un'estate. Ma io invece lo sapevo. L'avevo capito dalla prima volta che mi aveva toccata che avrei voluto di più. Non saremmo durati!? *Ha*!

Frenai nel momento in cui entrai nel suo vialetto. Spensi il motore per poi precipitarmi al portone, lasciando libri, pc e borsa in macchina. Non me ne fregava niente di quegli oggetti, ora che avevo portato a termine ogni progetto.

Suonai il campanello due volte prima che un sorriso malizioso e due occhi consapevoli color caramello mi salutassero.

"Sei tornata presto. Pensavo avresti festeggiato con i tuoi amici... " Quegli occhi familiari mi squadrarono dalla testa ai piedi, prima di risalire verso il seno e poi gli occhi.

"Pensavo di festeggiare in un altro modo", dissi con sicurezza. "Signor Parker."

Afferrai i lembi del mio vestito e li sollevai. I suoi occhi si spalancarono alla vista della mia figa senza slip, nuda e bagnata per lui.

"Non dirmi che hai fatto gli esami senza mutandine..."

Non riuscì a trattenere il gemito che gli uscì di bocca, e notai una protuberanza crescente sotto i suoi jeans.

Feci un passo e poi due, mi avvicinai a lui e sussurrai: "Sì, Signor Parker. Ecco perché ho finito l'esame prima di chiunque altro. Stavo pensando a te, non all'esame, e la mia figa si stava bagnando in classe."

"Sei davvero una sporcacciona, non è vero?" disse, mentre la sua mano ferma e forte si posò sul mio culo. "Penso di doverti dare una lezione."

"Non credo, avvocato", fu la mia risposta, accompagnata da un sorriso provocatorio.

Aveva superato l'esame d'avvocato a febbraio, e aveva ricevuto i risultati la settimana precedente. Adesso era un avvocato, con un nuovo ufficio elegante in centro. Quell'ufficio aveva una scrivania davvero carina, una scrivania che non avevamo ancora battezzato. Gli sorrisi. "Non sei più un insegnante. E inoltre... penso di essere stata una brava ragazza oggi. Per aver finito l'esame con tanto anticipo, sai? E per essere riuscita a rispondere a tutte le domande."

Controllò una risatina bassa e roca prima che la sua presa si stringesse attorno al mio sedere. Con un solo strattone, mi tirò dentro casa - la nostra casa - e sbatté la porta dietro di noi. In pochi secondi fui spinta contro il muro e il vestito si alzò pericolosamente sui fianchi. Solo l'aria separava la mia figa dalla sua mano, mentre le sue dita lentamente accorciavano la distanza tra noi.

"Ho ancora tanto da insegnarti, non è vero?"

"Sì, signore," risposi.

"Allora, piccola... sei stata brava o no?" Sussurrò, il suo respiro caldo mi accarezzò la pelle infuocata, mentre le sue dita sfregavano su e giù sul mio ingresso. "Con una risposta otterrai un bel cazzo nella figa, con l'altra verrai scopata in culo."

Non potei fare a meno di lasciarmi sfuggire il respiro affannoso dalle labbra. A quale risposta corrispondeva cosa?

Mi importava davvero?

No. Non me ne importava niente. "Mi vanno bene entrambe. Finché sei tu a scoparmi."

Mi spinse due dita dentro, mentre continuava a tenermi inchiodata al muro. Il mio corpo si contrasse e intanto lo supplicavo, volevo di più.

Mi eccitò con le sue dita, la sua bocca era agganciata sulla mia gola, la sua mano libera mi teneva i polsi fermi sopra la testa, mentre io gli venivo su tutta l'altra mano.

Quando aprii gli occhi, lo vidi fissarmi, aveva uno sguardo che non avevo mai visto sul suo viso. Serio. Determinato.

"Ti amo piccola."

Dio, lo sapevo. Lo sapevo, ma raramente pronunciava quelle parole. Eppure me lo dimostrava, ogni volta che mi toccava lo sentivo. "Ti amo anch'io."

"Sposami."

Rimasi a bocca aperta, scioccata, mentre faceva scorrere le dita dentro e fuori dal mio corpo, lentamente, coccolando il mio clitoride con delicatezza.

"Sei mia, Jane. Questa fica è mia. Il tuo cuore è mio. Sposami."

Annuii, mordendomi il labbro mentre una scarica di piacere mi attraversava. Quando sollevai le labbra per cercare il suo bacio, l'emozione mi inondò. "Sì, Signor Parker. Sì."

I suoi pantaloni caddero sul pavimento e lui mi riempì, proprio lì, contro il muro. Duro e selvaggio, proprio come volevo che fosse.

Per sempre.

Leggi La Sua Tata Vergine ora!

Una volta non sapevo cosa volessi.
Poi ho conosciuto Mary, la tata di mia sorella. Lei non si comportava, parlava o sembrava innocente.
All'improvviso, ho smesso di preoccuparmi della nostra differenza di età. Quindi, sono un po' più grande.
Significa solo che so prendermi cura di lei come dovrebbe fare un vero uomo. Mary è bellissima, è intelligente, ha reso abbastanza chiaro che le piaccio...
È tempo di farla mia.

Leggi La Sua Tata Vergine ora!

LIBRI DI JESSA JAMES

Cattivi Ragazzi Miliardari

Una Vergine Per Il Miliardario

Il Suo Miliardario Rockstar

Il Suo Miliardario Misterioso

Patto con il Miliardario

Cattivi Ragazzi Miliardari - La serie completa

Il Patto delle Vergini

Il Professore e la Vergine

La Sua Tata Vergine

La Sua Sporca Vergine

Il Patto delle Vergini: La serie completa

Club V

Lasciati andare

Lasciati domare

Lasciati scoprire

Fidanzati per finta

Implorami

Come amare un cowboy

Come tenersi un cowboy

Una vacanza per sempre

Pessimo atteggiamento

Pessima reputazione

Ancora un altro bacio

Chiodo scaccia Chiodo

Dottor Sexy

Passione infuocata

Far finta di essere tuo

Desiderio

Una rockstar tutta mia

ALSO BY JESSA JAMES

Bad Boy Billionaires

A Virgin for the Billionaire

Her Rockstar Billionaire

Her Secret Billionaire

A Bargain with the Billionaire

Billionaire Box Set 1-4

The Virgin Pact

The Teacher and the Virgin

His Virgin Nanny

His Dirty Virgin

The Virgin Pact Boxed Set

Club V

Unravel

Undone

Uncover

Club V - The Complete Boxed Set

Cowboy Romance

How To Love A Cowboy

How To Hold A Cowboy

Treasure: The Series

Capture

Control

Bad Behavior

Bad Reputation

Bad Behavior/Bad Reputation Duet

Beg Me

Valentine Ever After

Covet/Crave

Kiss Me Again

Contemporary Heat Boxed Set 1

Handy

Dr. Hottie

Hot as Hell

Contemporary Heat Boxed Set 2

Pretend I'm Yours

Rock Star

The Baby Mission

L'AUTORE

Jessa James è cresciuta negli Stati Uniti, sulla costa orientale, ma è sempre stata affetta da una grande voglia di viaggiare.

Ha vissuto in sei stati, ha svolto tanti lavori ma è sempre tornata dal suo primo vero amore – la scrittura. Lavora a tempo pieno come scrittrice, mangia troppa cioccolata fondente, ha una dipendenza da caffè freddo e patatine Cheetos, e non ne ha mai abbastanza di maschi Alpha e sexy che sanno esattamente cosa vogliono – e non hanno paura di dirlo. Uomini dominanti, Alpha da amore a prima vista, sono i protagonisti delle storie che ama leggere (e scrivere).

Iscriviti QUI per la Newsletter di Jessa:
https://bit.ly/2xIsS7Q

www.ingramcontent.com/pod-product-compliance
Lightning Source LLC
LaVergne TN
LVHW011850060526
838200LV00054B/4262